じゃない方聖女と言われたので落ちこぼれ騎士団を最強に育てます　1

ミシェル
狼騎士団所属の騎士。
真面目で頑張り屋だが、やや空回りする傾向がある。
相良麻里
（マリー）
異世界「アルジェント」へと転生した主人公。リリアとともに転生したが、「聖女様じゃない方」と言われ放置される。狼騎士団の世話係として、評判の悪い彼らのマネージメントを引き受ける。
登場人物紹介

ルカ
狼騎士団所属の騎士。
特級の魔術師だが、寮の部屋から
めったに出ない引きこもり体質。
ユリウス
狼騎士団のリーダー。
極度の女嫌いで、口が悪い。
ヴェルナー
狼騎士団所属の騎士。
弓の名手だが、女癖が悪くトラブ
ルを起こすことも。
リリア
マリーとともに転生してきた「聖女」。

じゃない方聖女と言われたので
落ちこぼれ騎士団を最強に育てます
1

Contents

序章　王の剣

お祭りの日にふさわしい晴れ渡った青空。

今日は年に一度、王都で開かれる『感謝祭』だ。

大広場は旅芸人や吟遊《ぎんゆう》詩人の演し物《だしもの》で賑《にぎ》わっており、王宮へ続く大通りには様々な屋台が軒を連ねている。マリーはその一角に目を奪われていた。

「すごい……あれも魔術で動いているのかしら……」

明るい茶色の髪を耳に掛け、緑色の大きな瞳《ひとみ》でまじまじと観察する。

マリーの目の前では、どう見てもただのぬいぐるみにしか見えない熊が、糸もないのにまるで生きているかのようにひょこひょこと動き回っていた。

その他にもシャボン玉が割れたと思えば虹色の小鳥になったり、土で出来た巨人と芸をしていたりと、初めて目の当《ま》たりにする光景の数々にマリーはキラキラと目を輝かせる。

やがて背後から「マリー」と声をかけられた。

「ここにいたんだ。探したよ」

「あっ、ごめんミシェル。つい夢中になっちゃって」

「あはは、分かるよ。おれも最初の頃は、よくはぐれてユリウスに怒られたから」

ミシェル、と呼ばれた赤い髪の少年は「はい」とマリーに白い紙と何かの串焼きを手渡した。

「はい。マリーの分の投票用紙。それからこれも」

「これは？」

「ドラゴンの尻尾《しっぽ》焼きだよ」

「ドラゴンの尻尾⁉」

マリーが目を見張ったのを見て、ミシェルは思わず噴き出した。

「そういう名前ってだけで、ただの鳥肉だから安心して。でもすっごく美味《おい》しいんだ」

食べてみてと勧められ、おずおずと口に運ぶ。

ぱりぱりに焦《こ》げた皮がまるで鱗《うろこ》に覆《おお》われたドラゴンの体表を思わせ、噛《か》みしめると柔らかい身からじゅわりと肉汁が溢《あふ》れ出した。マリーがはふはふと熱さを逃していると、ミシェルが自分の投票用紙を取り出す。

「そういえば、投票も初めてだったよね」

「う、うん」

「二つ折りになっている用紙を開くと、中に各騎士団の象徴《シンボルマーク》が銀色で描かれているんだ。このどれか一つを強く擦《こす》ると、それだけ金色になる」

ミシェルの説明に追いつくべく、マリーは串を持っていた手を慌《あわ》てて拭《ふ》くと、先ほど渡された投票用紙を広げた。

まるで鳥が翼《つばさ》を広げたような形のそれには、中央に各騎士団の象徴——獅子《リエフ》、鷲《アリオル》、鹿《エルエーニ》、狼《ヴォルク》のマークが描かれている。マリーがいちばん下にある『狼』のマークを慎重になぞると、うっすらとした銀色が煌《きら》めくような金色に変わった。

同時に『サガラ・マリー』という名前も浮かび上がる。

「選んだらまた畳んで、街中にある投票箱に入れるだけ。簡単でしょ？」

「うん。でもすっごい不思議な技術……。これも魔術なの？」

「多分ね。おれもあんまり詳《くわ》しくは知らないんだけど」

するとミシェルが「あったあった」と大通りの角を指さした。

そこにはかなり大きめの鳥かごが掲げられており、中にはマリーの持つ投票用紙と同じものがぎっしりと詰まっている。

「これが投票箱だよ。……さて、と」

二人は手にしていた紙をそれぞれ投じると、投票箱の前で手を合わせた。

そのまま揃《そろ》えたかのように、同じことを口にする。

「——《狼》騎士団がいちばんになりますように！」

互いの願いを聞いたあと、二人はぱちくりと目を合わせた。

すぐに噴き出して笑っていると、そんなマリーたちのもとに、水色の髪の青年が苛立《いらだ》った様子で近づいてくる。

「お前たち、こんなところで何してる」

「あ、ユリウス！」

「そろそろ発表だ。行くぞ」

「は、はい！」

ユリウスに連れられ、三人は街の中心部、大聖堂の前に向かう。

そこには普段から四つの銅像――獅子、鷲、鹿、狼が飾られており、大通りの遥《はる》か先にある王宮を見守るように配置されていた。他の騎士団も自分たちの銅像の前に集合しており、マリーたちが訪れると《狼》像の下にいた二人が、軽く手を振る。

一人は長身で茶色の髪、もう一人は比較的小柄で頭にはフードを被《かぶ》っていた。

「やっほ。マリーちゃん、なんか良いものあった？」

「はい、ヴェルナーさん！」

「まったく、目を離すとすぐはぐれるんだから」

「ルカさん、すみません……」

結果発表の時間が近づくにつれ、周囲には市民の姿も増えてくる。

この日は、自分が贔屓《ひいき》にしている騎士団と触れ合えるチャンスともあって、特に《獅子》騎士団の周りには多くの人が集まっていた。

一方マリーたちの《狼》騎士団には閑古鳥《かんこどり》が鳴いている。

そんななか、通りがかった一人がミシェルに声をかけた。

「おーいミシェル、今年も《狼》は最下位確定かー？」

「ち、違いますよ！　結果を見て、驚かないでくださいね！」

分かった分かったと笑いが起き、それを見たミシェルは不満そうに唇《くちびる》を尖《とが》らせる。

マリーは苦笑しながら、彼の服の袖を引っ張った。

「ほら、そろそろ始まりそうですよ」

やがて大聖堂から、一人の美しい女性が姿を見せる。

白く長い髪を春風にたなびかせ、純白の衣装を身に纏《まと》っていた。瞳は澄んだ薄紫《うすむらさき》色。手には身の丈ほどもありそうな豪奢《ごうしゃ》な杖《つえ》を持っている。

その圧倒的な迫力に、マリーはミシェルにこっそり尋ねた。

「あ、あの方っていったい……」

「たしか、魔術師団の団長だよ。噂《うわさ》には聞くけど、おれも見るのは初めてかも」

「魔術師団の団長さん……」

女性は涼やかな表情のまま大聖堂の階段を下り、四つの銅像の前に立った。

それに合わせてどこからともなく、祭りの司会者らしき男が現れる。

『さあ、いよいよやってまいりました！　我が王と民《たみ》にもっとも愛されし騎士団――その名も《王の剣《エペ・ドゥ・ロワ》》を決める、運命のお時間です‼』

（ついに結果発表……）

緊張のあまり身震いしているマリーに気づいたのか、ミシェルがにこっと微笑《ほほえ》んだ。

「大丈夫だよマリー。ここまで来たら、あとは天に任せるだけだ」

「ミ、ミシェル……。そうだと思うけど、でも」

すると反対側に立っていたユリウスが、呆《あき》れたような顔つきで腕を組む。

「心配しなくとも、『ヴェルナー票』は嫌でも集まる。ゼロということはない」

「そういう心配じゃないんです、ユリウスさん！　だって一年間、あんなにみんなで頑張ったのに……」

ちらりと後ろを振り返るとヴェルナーやルカと目が合い、彼らはマリーを安心させるかのようにそれぞれ口角を上げた。マリーは再び前を向くと、自分たちの徽章《きしょう》にも刻まれている《狼》の銅像を見上げる。

（大丈夫……きっと私たちの騎士団がいちばんに……！）

やがてステージ脇の司会者が、結果を待つ騎士と市民たちに向けて叫んだ。

『今年も絶対的正義《獅子》騎士団が勝利するのか！　はたまた情熱の《鷲》騎士団、叡智《えいち》の《鹿》騎士団、いや、まさかの大穴《狼》騎士団という可能性も捨てきれないぞぉ⁉　さあ、今年の名誉ある『王の剣』は――』

司会者の声を合図に、魔術師団団長とされる女性がゆっくりと歩み出る。

彼女は手にしていた杖を高く掲げると、まるで踊り出すかのようにふわりとそれを傾けた。

杖の上部に取り付けられていた長い銀のリボンが優美な曲線を描き、やがて歌声のような詠唱《えいしょう》が聞こえてくる。なんて幻想的な一幕だろう。

（お願い――――！）

雲一つない青空の下、マリーは彼らと出会った日のことを思い出していた。

第一章　聖女オーディション、一次敗退

『──リー、マリー、目覚めなさい』

「……？」

相良麻里《さがらまり》が目覚めると、そこは未知の世界だった。

足元には虹色に輝く謎《なぞ》の空間が広がっており、周囲は霧がかかったように淡い光を纏っている。

体の感覚もなんだかはっきりとせず、ふとした瞬間に上下すら分からなくなる不安に陥《おちい》った。

例えるなら──天国、と呼ぶにふさわしい幻想的な場所だ。

「ここはいったい……」

『マリー。ようやく気がついたのですね』

頭上から響く艶やかな女性の声に気づき、恐る恐る頭上を仰《あお》ぐ。

そこには緩《ゆる》く波打つ金色の髪に澄んだ緑色の瞳。造作《ぞうさく》は著名な彫刻のように整っている──まさにこの世で見たことがないほど、完璧《かんぺき》で美しい女神さまが微笑んでいた。

（すごい……今まで見た芸能人の誰よりも神々《こうごう》しい……）

そこでようやく、マリーははっと身を強張《こわば》らせた。慌てて愛用の手帳を探す──が、不思議なことにいつもジャケットの胸ポケットに入れていたそれが見あたらない。

すると再び女神の美しい声が聞こえてきた。

『マリー？　どうしましたか』

「あの、私このあとスケジュールが詰まっていて、すぐに迎えに行かないとまた怒られて」

『その心配はありません。あなたは亡《な》くなっているのですから』

「え？」

物騒《ぶっそう》な単語にマリーは目をしばたたかせる。

一方女神は慈愛に満ちた笑みを浮かべながら、そっとマリーの眼前に手を伸ばした。

何もなかった空間に、突如《とつじょ》金色の文字列が浮かび上がる。

『——相良麻里。芸能事務所のマネージャー。慢性的な過重労働の末、深夜二時五分に自動車で単身事故を起こし死亡。享年《きょうねん》二十六歳……あらまあ、随分《ずいぶん》と時間に追われていたようね』

（そうだ私……あの時運転操作を誤って……）

女神からの説明を受けた途端《とたん》、マリーの脳裏《のうり》にこれまでの過酷な日々がありありと甦《よみがえ》った。

大学時代、経理の仕事を希望して就職活動したがことごとくお断りされ、事務職希望で申し込んだ芸能事務所になんとか拾ってもらえた。

だが実際に入社すると「急に欠員が出た」という理由でマネージメント部門に回されてしまい——それから、あの地獄のような日々が始まったのだ。

（自由気ままなアイドルたちに朝から晩まで振り回され、怒鳴《どな》られ、頭を下げ、命令され……）

月残業百時間はよくあること。超過勤務手当などつくはずもなく、もらえるのは毎月決まった固定給のみ。まさに定額働かせ放題である。

それでも花の芸能界。有名人やアイドルと仕事が出来る、キラキラした世界を思い浮かべる人も多いだろう。だが実態は、彼らの好き勝手な要望に応《こた》え、八つ当たりを受けとめ、なだめすかして仕事に行ってもらうという、心底気疲れする仕事ばかりなのだ。

マリーのいた事務所も例外ではなく、一人のマネージャーが複数組のアイドルを担当するのは当たり前。新人女性グループの愚痴《ぐち》を聞いている間に、中堅男性アイドルがＳＮＳで過激なことを呟《つぶや》いて炎上し、それを鎮火しているうちに現場に迎えに行く時間が迫ってくる。

前世を終える原因となった交通事故も、「呑みに行って終電を逃したから迎えに来て」というタレントからの急な呼び出しが発端《ほったん》だったはずだ。

（うう、迎えが来なくて怒ってるだろうな……）

思い出せば出すほど胃が痛くなり、マリーは思わずお腹を押さえる。

女神もまた、マリーのこれまでの苦行を知ったのか、片手を頬《ほお》にあてると憂《うれ》いを含んだ面立《おもだ》ちではあと息を吐いた。

『大変だったのね……。そのせいで、与えられた命数を使い切る前に旅立ってしまった』

「めいすう、ですか？」

『寿命、というのかしら。あなたにはまだ生きるべき時間が残っていたのに、他者からの強い干渉によって無理やり奪われてしまったのよ』

でも大丈夫、と女神は微笑む。

『あなたをここに呼んだのは、そんな魂《たましい》を救済するため。マリー、あなたはこれから新しい世界に赴《おもむ》いて、そこで残された命数をまっとうしてもらいます』

「新しい世界……？」

『文字通り、今までとは常識も歴史もまったく違う別の世界よ。もちろん似た部分もたくさんあるけれど、少し驚くようなこともあるかもしれないわ。でもそれはそれ。恐れずに楽しむ気持ちが大切よ』

「は、はあ……」

要は「残りの人生を別の場所で生きろ」ということらしい。

とりあえずあの過酷な毎日から解放されるならなんでもいい……とマリーがぼんやり逡巡《しゅんじゅん》していると、女神が両手の平をマリーに向かって差し出した。

『それじゃあマリー。新しい世界に旅立つあなたに、私からギフトを授けましょう』

「ギフト？」

『前世で頑張ったご褒美《ほうび》というのかしら。何でもいいの。誰をも虜《とりこ》にする美貌《びぼう》、世界を牛耳《ぎゅうじ》れるほど優れた頭脳、人間離れした運動神経——もちろん無限ではないですけどね？　さあ、何がいいかしら』

（何がいいか、と言われても……）

列挙された錚々《そうそう》たる提案を脳内で繰り返したマリーは、睡眠不足の頭をなんとか稼働させたのち

――ようやくおずおずと口を開いた。

「じゃあ、ちょっとでいいので……」

『うんうん』

「ここで寝てもいいですか……。ここ三日、横になって休めて……なくて……」

『えっ？』

大きく目を見開く女神をよそに、マリーはどさりと横向きに倒れ込むとすぐさま眠りに落ちた。

女神はしばらくきょとんとしていたが、すやすやと寝息を立てるマリーの傍《そば》にしゃがみ込むと、

その頰にぷにっと指を押し当てる。

『すごい……全然起きないわ』

本当に限界だったのだろう。

気持ちよさそうに眠るマリーを見つめ、女神は慈《いつく》しむように目を細めた。頰にかかる髪をそっ

と耳にかけてあげながら、子守歌のように優しく囁《ささや》く。

『今はゆっくりおやすみなさい。次に目覚めた時は、新しい世界で――』

「――んんっ……」

深い眠りから覚めたマリーは、かつてないほど晴れやかな気持ちで大きく伸びをした。

（よっ……く寝たあ……。こんなにゆっくり出来たのいつ以来かしら……）

幸せを噛みしめたあと、ゆっくりと上体を起こす。

そこでようやく自分がベッドではなく、不思議な文様が刻まれた硬い石座《いしぐら》の上にいたことに気づいた。目の前にそびえ立つ白い壁には、剣を持った男性の巨大な浮彫細工《レリーフ》――周囲には、男性を守るように獅子、鷲、鹿、狼の四匹の動物が刻み込まれている。

（どこ、ここ……？）

教会のような、神殿のような。荘厳《そうごん》で静謐《せいひつ》な建物。

マリーのいる石座の前から出入り口らしき扉《とびら》まで、真っ赤な絨毯《じゅうたん》が一直線に敷かれている。

おまけに石座に寝ていたのはマリーだけではなく――

（誰かしら。すっごく可愛《かわい》い子……）

隣にはなかなかお目にかかれないレベルの美少女が横たわっており、マリーはしげしげと観察した。全体的に色素が薄く、髪は淡いピンク色だ。手足は折れそうなほど華奢《きゃしゃ》で、都内にある有名進学校の制服を身につけている。

一方マリーの衣服は、よれよれのスーツだ。

（アイドル？　でもどのテレビ局でも見たことないし……読者モデルとか？）

するとマリーの視線を感じ取ったのか、美少女がぱちと睫毛《まつげ》を持ち上げた。

その瞳もまた綺麗《きれい》なピンク色で、初めて目にする色合いにマリーは少しだけ驚く。「あの」と話しかけようとしたところで、突然扉の向こうから物々しい足音が近づいてきた。

（な、何⁉）

すぐに扉が開かれ、神官《しんかん》然とした男性たちが入ってくる。

彼らは石座の前に並び立つと、マリーたちに向かって両手を掲げた。

「聖女さま！　ようこそ我が国に――んんっ⁉」

だが出迎えに現れた神官たちは、何故《なぜ》か皆一様に困惑した表情を浮かべていた。

そのうち美少女が完全に目を覚まし、たおやかに体を起こす。

その可憐《かれん》な振る舞いを目にした神官の一人が、おおっと感嘆を漏らした。

「なんと美しい……やはり間違いではなかったか」

「しかし二人いるとは聞いていないぞ」

「いやどう見ても一目瞭然《いちもくりょうぜん》だろう」

（……？）

耳に入ってくる言語はどう聞いても日本語ではない。といって英語でもない。

完全に未知の言語――だがどういうわけか、頭の中で自然と意味が理解できる。

（何？　この『同時通訳』みたいな感じ……）

神官たちは異国の言葉で何やらひそひそと囁き合ったあと、ようやくマリーの隣にいた美少女の前に恭《うやうや》しく跪《ひざまず》いた。

「聖女様……ようこそ我が『アルジェント』へ」

（アルジェント？）

マリーがはてと首を傾《かし》げていると、聖女様と呼ばれた美少女が神官たちの前にそっと立った。

そのままおずおずと小首をかしげると、恥ずかしそうに繰り返す。

「私が……聖女？」

「はい！　どうか我々にそのお力をお貸しいただければと……」

「まあ……」

頬を赤くした美少女が微笑むと、何とも言えない愛らしさが神殿中にふわっと広がった。先頭にいた神官はもちろん、後ろに並び立っている者も含めて皆完全に目を奪われている。

そうして美少女が慎重に石座から足を下ろしていると――神官の一人が脇にいたマリーにも声をかけた。

「ほら、お前も早く下りろ。聖女様じゃない方」

（じゃ、じゃない方……）

先ほどの美少女とは百八十度違う横柄《おうへい》な態度に、マリーもさすがにむっとする。

しかも石座から下りているうちに、神官たちは美少女を伴ってさっさと神殿から出て行こうとしていた。

このままではまずい、とマリーはいちばん後ろにいた男性を捕まえる。

「あの、私はこれからどうしたら」

「とりあえず別棟にある客室に行け。あとで誰かが説明に向かうだろう」

「は、はあ……」

ぽつんと取り残されたマリーは、仕方なく廊下にいた門番たちに別棟の場所を尋ねた。

壮麗《そうれい》な神殿から離れるにつれ、華美な装飾のない実用的な建物に変わっていく。中庭に面した渡り廊下を歩いていると、どこからかひゃんひゃんと甲高《かんだか》い叫びが聞こえてきた。

（？　犬の鳴き声……）

次の瞬間、マリーの顔にぼふんと茶色い毛玉がぶつかった。

「ぎゃー⁉」

反射的に両腕を差し出すと、即座にどしっとした生命の重みが落ちてくる。

（本当に犬……。しかもポメラニアンっぽい……）

はっはと舌を出しながら、じっと見つめてくるつぶらな瞳と見つめ合っていると、庭の方から焦《あせ》った声と足音が近づいてきた。

現れたのは赤い髪に赤い目をした少年。

軍服のような、きっちりした黒い衣装を纏っている。

「すみません！　ちょっと目を離したすきに」

「あ、い、いえ」

「ほら、ご主人様が待ってるから早く帰ろう？」

歳は高校生くらいか。

無邪気《むじゃき》な笑みで子犬を抱き上げるその姿に、マリーの胸は何故かざわめいた。

（この子、どこかで……）

だがマリーが記憶を手繰《たぐ》り寄《よ》せるよりも早く、赤い髪の少年はにこっと微笑む。

「ありがとう、助かったよ。じゃあ！」

そう言うと赤髪の少年は、来た時同様溌剌《はつらつ》とその場を去っていった。

まるでドラマのワンシーンのような出会いにマリーがぼうっとしていると、後ろから歩いてきた若い神官に声をかけられる。

「なんだ、まだこんなところにいたのか。ちょうどいい、説明するから部屋に行くぞ」

「は、はい！」

そうしてマリーが連れて来られたのは、簡素なベッドと机があるだけの小さな部屋だった。

机の上には小さな鏡があり、マリーはこっそり自身の顔を確認する。

たっぷり眠ったためか色濃かったクマはすっかりなくなり、心なしか若返ったようにすら感じられた。髪の色は前世のままだが、不思議なことに目の色が焦げ茶から緑に変わっている。

（というか本当に若くなった？　学生の頃みたい……）

やがて若い神官は、この『アルジェント』と『聖女様』のことを語り始めた。

いわく『聖女様』とは、この世界に遣《つか》わされる女神の使者のことらしい。

女神様から授けられた『奇跡の力』とともにこの地に下り立ち、女神に代わって国王陛下を助け、アルジェントを守る使命を負っているという。

「過去の聖女様は、これまでも我が国に降りかかった多くの災厄《さいやく》や争いを解決してくださった。そして今年、新たな聖女様が降臨されると国中の占い師が予言したんだ。そして見事、素晴らしい聖女様をお迎えすることが出来た！」

「なるほど……。それであの子が聖女様、というわけですね」

ふむふむと理解を示すマリーの様子に、若い神官は呆れたように頭を掻《か》く。

「そういうことだ。まあ言っておくが、お前は違うからな」

「え？」

「聖女様が二人同時に現れるなんてありえない。おそらく、偶然紛《まぎ》れ込んだだけだろう」

「偶然紛れ込んだ……」

「しばらくはこの部屋を貸してやる。が、処遇をどうするかは会議の結果次第だな」

若い神官は偉そうにそれだけを告げると、扉を閉めて出て行ってしまった。

マリーはしばしぽかんとしていたが、仕方なくベッドの端に腰かけうーむと腕を組む。

（会議……この世界に来てまで、その単語を聞くことになるとは……）

前世でも話し合いというのは建前《たてまえ》で、やれもっと営業しろだのアイドルたちの管理がなっとらんだのと叱咤《しった》されるばかりだった。そんな暇があったら五分でいいから寝かせてくれ――と恨《うら》み節《ぶし》を吐いていた思い出を振り払うと、マリーはそのままぽすんとベッドに倒れ込む。

（こういうの……異世界転生っていうんだっけ……）

ここ数年は忙しすぎて、好きな本も漫画も読む時間がなかった。

ただ仕事を終えた深夜、寂しさをまぎらわすためにつけていたテレビで、流れていたアニメを思い出す。イケメンに生まれ変わった主人公が最強の力を使って敵を倒し、旅先で出会う美少女たちを次々と虜にするのだ。

それから――と思い出そうとするも、マリーの意識は次第に途切れ途切れになっていく。

（また、眠気が……）

あれだけたくさん寝たはずなのに、ブラック企業の疲労は消化しきれなかったのか、再び強い睡魔に襲われる。何か行動のヒントにならないかと、異世界転生アニメの主人公のことを必死に考えてみるが、どうにも自分の状況とは違いすぎる気がした。

（そもそも私はただの一般人だし……。結局『ギフト』？　も貰わなかったし……）

おまけに真正面から「聖女じゃない方」と言われてしまった。

心臓に小さな棘《とげ》が刺さったようなわずかな悲しみを感じつつも、マリーはやがてくうくうと穏《おだ》やかな寝息を立て始めたのだった。


翌日。

ぱちと目を開けたマリーは、その場で文字通り飛び上がった。

「お迎え！　とあとお弁当の手配と次の取材の日程と――って、あれ……？」

急いで携帯を探そうとしたが見当たらない。

マリーはそこでようやく、自身が別の世界に来ていたことを思い出した。死してなお仕事をしようとするとは、我ながら社畜魂《しゃちくだましい》が恐ろしい。

（そっか……。もう夜中に呼びだされることも、寒い中外で五時間待たされることもないんだ……）

すると扉の向こうからノックをする音が聞こえ、マリーは慌ててベッドから立ち上がった。

扉を開けると、フルーツやパンが載ったお盆を手にした可愛らしいメイドが立っている。

「おはようございます。朝食をお持ちいたしました」

「あ、ありがとうございます……」

前世ではまともな朝食を準備する時間などなく、マリーは深く両手を合わせると感謝しながらそれらを口に運んだ。その途中、食事を持ってきてくれたメイドに確認する。

「あの、私の処遇？　って決まったんでしょうか」

「すみません。朝食をお持ちするようにと言われただけなので、そこまでは……」

「そうですか……」

「はい。ですので今しばらくはこのお部屋に待機していただければと。もちろん近くを散策するくらいは構いませんので」

空の食器をメイドが持ち帰ったあと、マリーは一人ぼんやりと天井を仰いだ。

せっかく過酷な長時間労働から解放されたのだから、ここは心行くまで惰眠《だみん》を貪《むさぼ》るべきなのでは？　と考えたものの——どういうわけか身体《からだ》がそわそわと落ち着かない。

（まさか私、働きすぎて……じっとしていられなくなってしまったのでは……）

その後もシーツの上を二転三転していたマリーだったが、いよいよ無理だと諦《あきら》めベッドから立ち上がった。

「天気も良さそうだし、せっかくだからちょっと見て回ろうかな」

そのままの恰好だと目立つので、メイドが準備してくれたこちらの衣装に着替える。廊下を通り抜けて中庭へ出ると、そこには眩《まぶ》しいばかりの青天が広がっていた。

（うわ……。太陽光ってこんな強かったっけ……）

仕事は基本昼夜を問わず。それにテレビ局にいる間は日差しを浴びることなどない。

季節の花々で飾り立てられた遊歩道に従って歩いていくと、立派な邸がいくつも目に留まる。どれも重厚な石造りの建物ばかりで古い歴史を感じる佇《たたず》まいだ。

(素敵……。海外旅行に来たみたい)

やがてマリーは広場のような場所に出た。

どうやらこの辺りは誰もが入れる区画らしく、役所と思《おぼ》しき建物に多くの市民たちが入れ代わり立ち代わり出入りしている。

するとその中央でチラシのようなものを配っている少年を発見した。昨日犬を追いかけてきた赤髪の子だ。

「どこかで見かけたら教えてください、お願いします!」

(……?)

チラシを受け取った人の手元をのぞき見ると、どうやらいなくなった猫を捜しているらしい。

するとマリーの存在に気づいたのか、少年が「あっ」と声を上げた。

「君、昨日犬を捕まえてくれた子だよね!」

「は、はい!」

「改めてありがとう。あ、良かったらこれ」

差し出された迷い猫のチラシに目を落としていると、少年が頬を掻きながらはにかむ。

「おれ、ミシェルって言うんだ。もし見つけたら、《狼《ヴォルク》》騎士団に教えてくれないかな」

「《狼》騎士団……ですか？」

「うん。これでもおれ、一応騎士だから」

ミシェルはそう言いながら、襟元についていた狼の徽章を軽く持ち上げた。訳も分からずマリーが頷《うなず》くと、ミシェルはあの爽《さわ》やかな笑みを残して再びビラ配りに戻っていく。

書かれている文字はどう見ても日本語ではない——が、マリーは不思議と読解出来た。

（本当だ……『情報は《狼》騎士団まで』……）

だが改めて周囲を見回してみても、彼以外に騎士らしき姿はない。

多くの人に無視されながらも必死に市民に声をかけるミシェルの姿に、マリーはようやく彼に覚えた既視感を思い出した。

（そうだ、あの子に似てるんだ……）

マリーが初めてマネージメントを担当した、新人アイドルグループのリーダー。

地方から出てきた男の子で、初めての東京と芸能界という仕事に目をキラキラと輝かせていた。

若かったマリーも手探りではあったが、彼らをスターにするため身を粉《こ》にして働いたものだ。

（でも結局……何も出来なかった）

小さなライブハウス。呼び込みをした。チケットを手売りもした。営業出来るとなれば、どんな辺鄙《へんぴ》な会場でも赴いた。ダンスも歌唱もレッスンをした。どうすれば人気が出るか、全員で夜遅くまで知恵を出し合った。

だが群雄割拠《ぐんゆうかっきょ》のこの世界――気づけば一人、また一人と夢を諦めていった。唯一《ゆいいつ》残っていたリーダーも地元に帰り、マリーは自らの無力さに打ちのめされながらその背中を見送った。

(私が……もっとちゃんとしていれば……)

次々と生まれ、あぶくのように消えていく。

そんなアイドルなど会社にはさして重要ではなく、マリーは悲しみに暮れる間もなく、すぐに次の担当に回された。

そうして売れては消え、デビューしては忘れられていく芸能人たちを見続けているうち、マリーの心はすっかり麻痺《まひ》してしまったのだ。

(あの子たち……どうしているのかな)

そっとミシェルに目を向ける。

思い出した途端、あのリーダーの子と重なって見え――マリーは罪悪感から逃れるようにそっと広場から立ち去った。


そうして彷徨《さまよ》っていたマリーだったが、ここにきて戻り方が分からなくなってしまった。

(どうしよう……。一度広場に戻った方がいい?)

歩いていた路《みち》の舗装はいつの間にか無くなり、やがて古びた一軒の建物が姿を見せる。

王宮の近くにあった立派な邸とは違い、黒い外壁にはツタが茂り、庭には雑草が伸び放題だった。二階建てのようだが、窓のカーテンはどこも閉まったままである。

門扉《もんぴ》には数羽のカラスも留まっており、非常に不気味な佇まいだ。

（廃墟《はいきょ》……かしら）

あまり近づかない方が良い気がして、マリーはそれとなく距離を取る。

すると外壁の死角で気づかなかったのか、曲がり角にいた男性とぶつかってしまった。

「す、すみません！　気がつかなくて」

「ん？　ああ、何だ人か。猫かと思ったぞ」

「ね、猫……？」

がっはっはと豪快に笑う壮年の男性を前に、マリーはぽかんと口を開けた。

日に焼けた肌。相当鍛えているのか、立派な上腕に丸太のような太腿《ふともも》。張り出た胸筋で服のボタンがはじけ飛びそうだ。男性は顎《あご》に手を添えたまま、ふーむとマリーを見下ろした。

「お嬢ちゃん、初めて見る顔だな。もしかしてあれか。聖女様と一緒に来たっていう」

「は、はい。そうですが……」

「おーおーなるほどな。聖女様は相当だったが、あんたもえらく可愛いんだな」

「か、かわっ……!?」

初めて耳にする誉《ほ》め言葉にマリーは思わず顔を熱くする。

すると男性は腕を組み「うん？」と首を傾げた。

「しかしそんな客人が、どうしてこんなところにいるんだ？」

「その、特にやることもなくて出歩いていたら、道に迷ってしまって」

「あー……。そういや、なんかそんなこと朝議《ちょうぎ》で言ってたな」

すると男性はにっと口角を上げたあと、得意げに太い人差し指を立てた。

「たしかお嬢ちゃんは聖女様じゃないんだよな。で、その扱いをどうするかはまだ決まっていなかったはずだ」

「は、はい。そのあたりは会議で決められると」

「それだそれ。そこで提案なんだが、やることがねえなら騎士団の世話係をしてみないか？」

「世話係、ですか？」

「実は結構前に《狼》騎士団の奴が逃げちまってな。募集はしているんだが、いつまで経《た》っても人が来やしねえ」

（《狼》騎士団……）

その言葉を耳にした途端、ミシェルの姿が脳裏《のうり》をよぎる。

「その騎士団……っていうのはいったいどこにあるんですか？」

「ああ。これだよこれ」

「……え？」

男性がひょいと指し示したのは、たった今マリーが警戒していた廃屋同然の邸だった。

半信半疑でよくよく確認すると、確かに玄関の上に《狼騎士団　団員寮》という看板があり――入り口の傍には、見覚えのある子犬がちょこんと座っている。

（あの犬……昨日ミシェルさんが捕まえていた子よね？）

もうちょっとちゃんと見たい、とマリーは少しだけ門に歩み寄った。

すると隣にいた男性がそれを追い抜くように大股《おおまた》で踏み出し、崩れかけた門扉をくぐってずんずんと勇ましく建物の方へと向かっていく。

「あ、あの！　勝手に入っては良くないかと」

「いーからいーから。そんなとこから見ても、何もわかんねーだろ」

くい、と顎で呼ばれ、マリーは戸迷いつつも男性のあとを追った。

玄関に着くと先ほどの子犬が嬉しそうにマリーの足元にまとわりつく。昨日はなかった首輪もしており、やはりここで飼われている子に間違いなさそうだ。

「んー？　まーた誰もいねえ。こりゃ賭場《とば》か酒場だな」

「だ、誰もいないんですか？」

「ああ。ちょっとやんちゃな奴らが多くてね。ほら、入った入った」

勝手知ったる他人の家とばかりに、男性はなおも奥に進んで行く。マリーもおっかなびっくり邸の中に足を踏み入れたものの、外観同様中も酷《ひど》い有様《ありさま》だった。

（蜘蛛《くも》の巣やごみがすごい……。しばらく掃除していないのね）

廊下は歩くたびにぎしぎしと軋《きし》み、天井裏からは人の気配を察したネズミの逃走音がする。

キッチンだと紹介された場所はもはや物置にしか見えず、長い間使用されていないようだった。

棚の上に重なっていた鍋《なべ》を手に取ると、積もっていた埃《ほこり》がぶわっと舞いあがり、マリーはげほげほと涙目になる。それを見た男性は「がっはっは」と豪快に笑った。

「まー男所帯《おとこじょたい》だとこうなるわな」

「男性だけ、なんですか？」

「他の騎士団には何人か女性騎士もいるんだがな。あいにく《狼》には――」

するとマリーたちが歩いてきた方から、何やらどかどかと賑やかな靴音が響いてきた。

現れたのは強面《こわもて》かつ屈強な輩《やから》ばかりで、マリーは男性の陰にささっと身を隠す。どうやら騎士団の面々が戻ってきたらしい。

「おい、なんか女がいるぞ」

「なんだって？」

「す、すみません！　す、すぐに出て行きますので……」

不良たちに取り囲まれたような物々しい雰囲気《ふんいき》に、マリーはたまらず男性の服をぐいぐいと引っ張った。

だが男性はがりがりと頭を掻いたあと、強面騎士団員たちに呆れたように投げかける。

「まったく……揃いも揃ってサボりやがって。急に帰ってくるから、お嬢ちゃんが怯《おび》えてんだろうが。そのいかつい面《ツラ》どうにかしろ」

「ひっでえ、そっちだって十分怖いくせに」

「さすがに無理っすよ団長」

（だん……ちょう？）

変わった名前だと目をしばたたかせていたマリーだったが、しばらくして『団長』という漢字が当てはまった。もしかしてこのおじさん、相当偉い人なのでは――と震えながら服の裾《すそ》を放したあたりで、強面騎士団の一人がマリーの前に顔を突き出す。

「んで、お嬢さんはなんなわけ？」

「わ、私は、その」

「こらこら脅《おど》かすな。もしかしたら、お前らの世話係になってくれるかもしれねーんだぞ」

「えっ⁉」

「ほんとに⁉」

「まっ、まだそうと決めたわけじゃ」

しかしマリーの困惑《こんわく》をかき消すように、騎士たちの中から「おおおーっ」という大きなどよめきが起こった。後ろにいた他の騎士たちもマリーを一目見ようと、必死に背伸びしている。

「まじか！　女の子なんて初めてだぞ！」

「うわあ、なんかこの距離でも良い匂いする……」

「彼氏いるの？　もしかしてこの騎士団の奴⁉」

（あ、あわわわ……）

猛獣の群れから取り囲まれ、舌なめずりされているような迫力に、マリーはひええと身をすくませる。

すると団長がさっと間に入り、マリーを庇《かば》うようにしっしと手を振った。

「おら散った散った！　つーか働け、たまにはミシェルを見習え！」

「ちぇー」

「まったねー」

左右に並ぶ肉食獣エリアを、団長の背中に張り付いたままなんとか通過したマリーは、再び崩れかけた門扉の前まで戻ってきた。溜め込んでいた息を一気に吐き出すと、青ざめた表情のままぶるぶると震える指で邸の方を指し示す。

「さっきのが、《狼》騎士団の皆さまでしょうか……」

「ああ。見た目は怖いが悪い奴らじゃない。今はユリウスがいなくてちょっと荒れてるがな」

「ちょっと……」

本当にこんなところにミシェルが所属しているのだろうか、とマリーは思わず眉《まゆ》を寄せる。

それを見ていた男性が「で？」と嬉《うれ》しそうに口の端を押し上げた。

「どうだ、世話係。してみる気になったか」

「ええと、その……」

「まあの男所帯だ。怖いと思うのも無理はない。だが人出が足りないのは本当でな。このまま管理に手が回らないようなら、《狼》騎士団ごと解散した方がという話もある」

「解散、ですか？」

「ああ。そうなればあいつらは他の騎士団に入り直すか……だがま、大半は田舎に帰るだろう」

「田舎に……」

複雑な表情を浮かべるマリーの背中を、男性はばしんと叩《たた》いた。

「まあお嬢さんはそんな気にすんな！　もしやる気になったら、団長のロドリグに頼まれたと言ってくれ。すぐに話を通してやるからな」

「わ、わかりました……」

そう言うとロドリグは熊のような大きな手をぶんぶんと振ったあと、また別の方角へと向かっていった。

取り残されたマリーは改めて《狼》騎士団の寮を見つめる。玄関先にいた子犬がくうんと寂しそうに尻尾を振っていた。

（なくなっちゃうのは可哀《かわい》そうだけど……。でも私が世話係なんて……）

今日のところはもう休もうと、与えられた部屋へ戻ろうとする。

だが結局どこをどう進んでも見覚えのある道に行きあたらず、結局元の広場へと戻って来てしまった。夕刻に近いためか、人の数が随分とまばらになっている。

(そう言えばミシェルさん……。猫、見つかったのかな?)

なんとなく彼の姿を探すが、どこにも見当たらない。

すると市街地の方からやってきた二人組の男性が、手に持ったビラを振りながら小馬鹿にした笑みを浮かべていた。

「見たかさっきの。《狼》騎士団も地に落ちたよなあ」

(……?)

それを聞いた隣の男性も同じく嘲笑《ちょうしょう》する。

「ほんとな。『黒騎士』がいた頃は最強で、『王の剣』も五年連続とかだったのに」

「まあ、あの体《てい》たらくじゃ仕方ねーよ。仕事もせずにサボってばかり。《獅子《リエフ》》を見習えってんだ」

(黒騎士……?)

いけないとは知りつつも、マリーはついつい耳をそばだてる。

そんな会話を聞かれているとは露知らず、男性たちの悪口はなおも続いた。

「犬捜しに、今度は猫捜しときた。噂じゃこないだ捜してた犬、時間かかりすぎて依頼主から引き取り拒否されたって話だぜ。海向こうから来た珍しい犬種だったらしいが」

「マジか。意味ねー」

「まあ愛玩犬《あいがんけん》なんて、どっかのご令嬢の娯楽だろうし。とっとと新しい奴飼うわな」

「つーかそんなせこい仕事、騎士団レベルで請け負うなよな。ああ、それくらいしかすることないのか？　たった一人でほんとよくやるよ」

ははは、と笑う男性たちをマリーは無言で見つめていた。

だがすぐに踵《きびす》を返すと、彼らが来た方に向かって駆け出す。

（ちょっと、様子を見に行くだけ……）

王宮内の広場を抜け、正門をくぐって長い桟橋《さんばし》へ。

渡り切った先には王都の街が広がっていた。

街の中央にある大聖堂にまで続く、石で舗装された大通り。その左右には立派な商店や酒場、娯楽施設、宿屋などが立ち並んでおり、多くの人でにぎわっていた。

酒をあおる人々の歓呼の声や、辻《つじ》馬車が奏でる蹄《ひづめ》の音。子どもたちがきゃっきゃと走り回り、それを母親たちが声高《こわだか》に制止する。

そんな賑やかな雑踏を掻き分けて、マリーはようやく大聖堂のある広場へと到着した。

そこでは――赤い髪の少年が、たった一人で頭を下げていた。

だが道行く人々は彼の存在を無視するように避けており、チラシはあまり減っていない。

「お願いします！　どこかで見つけたら、情報を――」

（ミシェルさん……）

その瞬間、彼の姿がかつての新人アイドルと重なった。

彼らも、華々《はなばな》しい仕事はほとんどなかった。

それでも与えられた仕事は全力でこなそうと、いつだって必死に頑張っていた。

しかし最後には解散して――みんないなくなってしまった。

（ミシェルさんはあの子じゃない。でも……）

マリーはぐっと唇を噛みしめると、ミシェルの元へと駆け寄った。

「あの、ミシェルさん！」

「……君は……あ！　もしかして何か見つけた⁉」

「そ、そういう訳じゃないんですけど……」

迷惑だろうか、とマリーは少しだけ続く言葉をためらった。

だが覚悟を決めると、彼に向かって両手を差し出す。

「ビラ配り、手伝います」

「え？」

「一人より、二人の方が早いですし」

ミシェルは最初、きょとんと目をしばたたかせていた。

しかしみるみる頬を紅潮させ、昨日と同じ優しい笑みをふわっと滲《にじ》ませる。

「本当に⁉　助かるよ！」

「は、はい……！」

（ああ、良かった……）

その顔を目にしたマリーは、自分のしたことに間違いはなかったと安堵《あんど》するのだった。

その後二人は、懸命に迷い猫の情報を求め続けた。

やがて夕日が山の向こう側に完全に沈む頃、似たような猫を見たという女の子からの証言を手に入れた。

二人は大急ぎで目撃現場へと向かったあと、餌で釣ったり、二人がかりで隅へ隅へと誘導したりと奮闘し――結果、なんとか無事に保護することが出来たのだった。

「今日は本当にありがとう。飼い主さんもすごく喜んでたよ」
「い、いえ。お役に立てて何よりです」
空に星が瞬《またた》く中、頬にひっかき傷をつけたミシェルが微笑んだ。
やがて騎士団の寮に到着し、ミシェルが半壊状態の門をぎいと押し開ける。その音を聞きつけた子犬がすぐにひゃんひゃんと吠《ほ》え始め、近づいてきた彼の胸に飛び込んだ。

「ただいまジロー。いい子にしてた？」

「ジロー？」

「こいつの名前。ちょっと事情があって、急遽《きゅうきょ》ここで飼うことにしたんだけど……。ユリウスにはまだ許可取ってないんだよね……」

うーんと真剣な顔で眉尻《まゆじり》を下げるミシェルが面白く、マリーはつい顔をほころばせる。

だが同時に《狼》騎士団に対する風評を思い出し、ためらいがちに口を開いた。

「あの……ミシェルさんは嫌にならないんですか？」

「え？」

「その、今日だってお仕事をたった一人でさせられて、他の方は誰も助けてくれなくて……。せっかく見つけたこの子もその、引き取りを断られたって……」

「……」

「どうしてそんなに頑張れるんですか？　つらく……ないんですか」

マリーの質問に、ミシェルはジローの頭を撫《な》でながらしばし口をつぐんでいた。

だがよいしょと子犬を抱きなおすと、嬉しそうに目を細める。

「好きなんだ。この仕事が」

「好き？」

「おれ、すごい田舎の出身で。でもずっと騎士に憧《あこが》れてて、ようやく念願の《狼》騎士団に入れた。みんな今はちょっと疲れてて、大変なことも多いけど……。でもいつか絶対、昔みたいな最強の騎士団になれるって信じてるから」

「最強の、騎士団……」

「一年で最も活躍した騎士団に与えられる称号『王の剣《エペ・ドュ・ロワ》』——市民も貴族も関係ない。困っている人を助けて、弱い人を守って、この国に住むすべての人を笑顔にしたい。そのためならおれ、どんなことでも頑張れるんだ」

（……！）

そう言って笑うミシェルの周りに、きらきらっと輝くような光をマリーは見出した。

初めてではない。

こうした感覚を前世でも何度か味わっている。

（これは……）

日本中の誰もが知るような一流のアイドルや俳優、モデルなどに共通する尊い煌《きら》めき。

口では言い表せない。

ただその本能が、直感が、全身が。

「間違いない」と奮い立たされるような圧倒的なカリスマ。

その欠片《かけら》をミシェルの中に感じ取ったマリーは、全身に鳥肌が立つような感動を覚えていた。

同時によみがえる——前世での深い後悔。

（もしもう一度、やり直せるとしたら……）

右も左も分からなかった新人時代とは違う。

今持てる知識と経験すべてで、彼らの夢を今度こそ叶《かな》えてあげたい。

（どこまで出来るかは分からない。でも――）

緊張しているのか、心臓がどくんどくんと音を立てる。

マリーは大きく息を吸い込むと、ミシェルにまっすぐ向き直った。

「あの、もし良ければなんですが……。私、この騎士団の世話係をやりたいです」

「えっ⁉　そ、それは嬉しいけど、いいの？　多分結構大変で」

「大丈夫です。だからこれから……よろしくお願いします！」

勢いのまま口にすると、マリーは片手を伸ばしてばっとお辞儀《じぎ》をした。俯《うつむ》いたまま「あまりにいきなりすぎた⁉」と蒼白《そうはく》になったが、その手をミシェルがそっと握り返す。

「大歓迎だよ！　そういえば、まだ名前を聞いてなかったね」

「さ、相良麻里といいます」

「サガラ・マリー？　珍しい名前だね。じゃあマリーで」

「はっ、はい！」

うっかり前世の名前を名乗ってしまったが、上手《うま》い具合に理解してくれたようだ。

ミシェルは繋《つな》いだ手にぎゅっと力を込めると、再びあの心が惹《ひ》きつけられる極上の笑みを滲ませた。それを見たマリーの心に、ある一つの決意が込み上げる。

それは前世——忙殺《ぼうさつ》される日々の中で忘れてしまっていた、いちばん大切な気持ち。

(誰かを応援するって、こんなにわくわくすることだったんだ……)

やがてミシェルが、高々と拳《こぶし》を振り上げる。

「マリー、一緒に《狼》騎士団を最強の騎士団にしよう!」

「はい!」

二人の気迫につられたのか、足元にいたジローも「ひゃん!」と応じる。

それを見た二人は一拍置いたあと同時に噴き出し、くすくすと声を抑えて笑いあった。

こうして——マリーの新しい《応援《マネージャー》》人生が始まった。

第二章　早くもクビの危機!?

こうして《狼》騎士団のお世話係となったマリーだったが、着任早々窮地に陥っていた。

（どうしよう……。仕事が――ない！）

歴代の世話係に引き継がれてきたであろう活動日誌。

それによると世話係の主な仕事は団員たちへの仕事の分配や生活環境の充実、依頼遂行中の雑務に休暇中のフォロー、食事の手配、体調不良者の救護その他なんでも――という実にざっくりとしたものだった。そのあたりは前世のマネージャー業とあまり変わらない。

とりあえず厨房《ちゅうぼう》と寝泊まりする部屋だけは掃除したが……ロビーや食堂などはいつも騎士団の誰かが酒を呑《の》んだり寝ていたりするので、ろくに片付け出来ていない状態である。

（この感じだと『王の剣《エペ・デュ・ロワ》』は随分遠い道のりね……）

ミシェルによると、王都には現在四つの騎士団があるそうだ。

初代アルジェント王が従えていた四匹の動物――それになぞらえる形で、それぞれ獅子《リエフ》、鷲《アリオル》、鹿《エルエーニ》、狼《ヴォルク》と冠されている。

使用する制服、寮などが異なるだけではなく、《獅子》は要人の護衛、《鷲》は害獣の討伐《とうばつ》と、騎士団ごとに得意とする仕事分野があるらしい。

その仕事は王宮や議会から直接依頼されるほか、広場にある斡旋所《あっせんじょ》を通じて、貴族・町村・職人ギルド・一般市民から持ち込まれる。こうしてこなした任務の報酬が、そのまま騎士団の収入となるのだ。

つまりたくさん働かないと、自分たちの給料も食費も賄《まかな》えない。

ちなみに——ペット捜しや素材採取といった簡単な任務は、誰でも請け負うことが出来る代わりに、いかんせん報酬が低い。

一方、要人の護衛や害獣討伐といった難易度が高い任務になると、支払われる賃金も非常に高額となる。ただしその場合、多くの依頼者から「出来ればこの騎士団にお願いしたい」「ここはちょっと……」という『条件』が付くという。

したがって人気も実績もない《狼》騎士団は、他の騎士団に比べて「任される仕事」がかなり少ないのであった。

（まあ、人気がある人にオファーが集中するのは、芸能界でもあるあるなんだけど……）

うーんうーんと厨房でマリーが唸《うな》っていると、ミシェルがひょいと顔を覗《のぞ》かせた。

「マリー、いま大丈夫？」

「はい。どうしましたか？」

「明日あたり、ユリウスが戻ってくるから伝えておこうと思って」

「ユリウスさん、ですか？」

「うん。この騎士団のリーダーなんだけど、長い間入院していて」

（長い間入院……。元々体が弱いとか、持病がある方なのかしら）

水辺に咲く水仙のようなたおやかな美青年を思い浮かべ、マリーは少しだけ期待を膨《ふく》らませる。

そんなマリーをよそに、ミシェルは向かいの椅子《いす》に腰かけると、真っ白の日誌を見てしょんぼりと眉尻を下げた。

「仕事、ないね」

「はい……。昨日も斡旋所には行ったんですが、梨《なし》の礫《つぶて》で」

「今月こなしたのは三件か。あと二件はしておきたいけど……」

依頼が重要なのは、なにも金銭に限った話ではない。

あとで知った話だが、実は騎士団には毎月ある一定の「ノルマ」が課せられているという。

もちろん仕事の危険度や重要度、長期型かによってある程度調整されるが、基本的には毎月最低五件は依頼をこなさなければならないそうだ。

それが達成出来なければ騎士団の評定が下がり、解散への道がさらに早まる。ミシェルがどんな小さな仕事でも請け負っていたのは、これを阻止する意味合いもあったらしい。

だが他の騎士団員たちになかなかその危機感が伝わらず——やりがいのある仕事が来ない、だからサボって街で遊ぶ、その様子を見てますます市民たちが《狼》騎士団を嫌悪《けんお》する——という最悪の悪循環が起きていた。

「もっと大きな仕事なら、みんなもやる気になると思うけどね」

「それはそうですけど……。でもまずは、どんな小さな仕事でもいいからきちんと積み重ねて、《狼》騎士団全体の信用を回復しないといけない気がします」

マリーはぱたんと白紙の日誌を閉じると、すっくとその場に立ち上がった。

「とりあえず今日も斡旋所に行ってきます。『条件なし』の依頼が来てるかもしれませんし」

「おれも行くよ。ユリウスへの退院祝いも買いたいし」

こうして二人はぼろぼろの寮をあとにすると、広場にある斡旋所へとやって来た。

建物内は多くの市民でにぎわっており、いくつかの受付カウンターがあるほか、壁の掲示板にはたくさんの貼り紙が掲示されていた。これらは『個人依頼』と呼ばれ、基本的には個人の狩猟者《ハンター》や旅人に向けたものらしい。

ただし「騎士団が請けてはいけない」という決まりは特になく、先日のミシェルの犬猫捜しも、ここにあったものを依頼者の許可を得て頂戴したという。

「個人依頼でも一応実績にはなるけど……。あまりやりすぎると、それを生業《なりわい》にしている人の収入源を奪うことになっちゃうからさ」

「なるほど……難しいんですね」

番号が刻まれた木片を取って待っていると、しばらくして一番の窓口に呼ばれる。マリーたちがいそいそと向かうと、年嵩《としかさ》の書記官が「げえっ」とあからさまに嫌な顔をした。

「また来たのか。《狼》への依頼はないって昨日も言っただろ」

「あれから一日経ったから、どうかなーと思いまして」

「ないない！　仕事の邪魔だから、とっとと帰った帰った」

しっしと野良猫を追い払うような仕草《しぐさ》を前に、マリーはううと唇を噛みしめた。

（前世の時もこんな人いたなあ……。新人にすっごく冷たいディレクター……）

マネージャーになりたての頃は、ただただ怖くて言われるままに引き下がっていた。

だがあれからいくつもの修羅場《しゅらば》を経験したマリーは、ここで諦めるわけにはいかないとふんばる。

「そこをなんとかお願いします！　犬捜しでも猫捜しでも、庭の雑草取りでも畑仕事でもどんなことでもやります。だからどうか、お仕事をいただけないでしょうか！」

「おれからもお願いします！　このままだと騎士団が……」

「う、……と言われても、実際ないんじゃ――」

すると深々と頭を下げるマリーとミシェルの背後で、何故か大きなどよめきが上がった。

何だろうとマリーがそろそろと顔を上げると、先ほどの書記官が真っ赤な顔でぽかんと口を開けている。恐る恐るその視線の先を振り返ると――斡旋所の玄関先に『春の女神』のような女の子が立っていた。その肩には何故か白い小鳥が留まっている。

（あの子……私と一緒に来た、聖女様だ）

聖女はマリーを見つけると、あれえと大げさに瞬いた。

「もしかしてぇ、リリアと一緒にこっちの世界に来た人？」

「（り、リリア？）そ、そうですけど……」

「あー、騎士団のお手伝いしてるって聞いたけど、ほんとだったんだあ」

（な、何だろうこの子……）

あの時はろくに話も出来なかったが、いざ対面してみるとなんともふわふわした印象だ。おまけに名前がリリアとは。やはり海外の子だったのだろうか。

だがその容姿は華やかな名にふさわしく、先ほどの書記官はもとより、周囲の市民たちもどこか恍惚《こうこつ》とした表情で彼女に見とれていた。

マリーが肩の小鳥に注目していると勘違いしたのか、リリアはふふっと小首をかしげる。

「あ、やっぱりこの子気になっちゃう？　なんかリリア、こっちの世界に来てからすっごい動物に好かれちゃってえ。この小鳥さんも私の傍をずっと離れないの。可愛いよね」

「は、はあ……（別にそこは気にしてないけど……）」

「今日はね、クロードの付き添い。ね、クロード」

「はい、聖女様」

リリアの背後にいた男性が、名前を呼ばれ優しく微笑んだ。

光の輪が輝くほどの銀髪に、外国人モデルのような甘いマスク。デザインはミシェルのものと同じだが、白い生地で出来た騎士服を着ていた。

襟《えり》には《獅子》の徽章。おそらく彼は《獅子》騎士団なのだろう。

(そう言えば《獅子》は、要人の護衛が得意って言ってたっけ……)

リリアはそのままクロードの腕に自身の腕を絡《から》めると、しなだれかかりながらこちらを見た。

「で、あなたたちは? こんなところで何してるの?」

「ええと、仕事を探していて……」

「えぇーっ⁉ わざわざここまで来て? たいへーん」

(くっ、労働を舐《な》めるなよ……)

わざとらしく口元を押さえるリリアに、マリーは若干苛《じゃっかん》立ちを覚える。

だがリリアはそのまま受付にいた書記官の前に向かうと、ねーえと愛らしく口の端を上げた。

「この人ぉ、リリアと同じ世界から来たんですぅ。なんか困ってるみたいだから、助けてあげてくれませんかぁ?」

「で、ですが……」

「リリアからのお、願、い♡」

ばさばさと音がしそうな長い睫毛で、リリアがばちんとウインクする。

その瞬間、傲慢《ごうまん》ディレクターだったはずの書記官は、ただのおじさんへと変化した。

「せ、聖女様がそこまでおっしゃられるのでしたら……」

(えぇーっ! 何その手の平返し! 早すぎて見えないんですけど⁉)

でれでれのおじさんは、その場できりっとマリーたちの方を振り返る。

「ついさっき来たばかりの魔獣討伐任務がある。派遣まで一週間ほど要すると伝えていたが、《狼》騎士団で良ければすぐに行けると依頼主に交渉してみよう」

「あ、……ありがとうございます！」

まさかの新規案件に、マリーとミシェルは慌てて書記官に頭を下げた。

続けてリリアにもお礼を伝える。

「本当に助かりました。なんてお礼を言ったらいいか……」

「うふふ、いいよー。同じ日本から来た仲間だもんね」

（こ、この子も日本からなんだ……）

複雑な思いにかられながらも、彼女の口添えがなければ仕事は貰えなかったと、マリーはありがたく謝意を示す。するとリリアがすっと腰を屈《かが》め、後ろにいるクロードやミシェルに聞こえない程度の声量で囁いた。

「まあ頑張ってね。お、ば、さ、ん？」

「……は？」

「えっ、だって絶対リリアより年上でしょ？　見た目は若いから、女神様からギフトをもらったんだろうけど、どうみてもリリアの方が抜群に可愛いし。だから——くれぐれも『聖女』のわたしの評判を落とすような、みっともない真似《まね》だけはしないでね♡」

「……」

思わず眉間《みけん》に縦皺《たてじわ》を刻むマリーを見て、リリアは「あははっ」と無邪気に笑った。

再びクロードと腕を組むと、小さな手をマリーたちに向けてひらひらと振る。

「じゃあ、頑張ってね～」

「マ、マリー？　大丈夫？　何か言われたとか」

「いえ。何でもありません……」

「そ、そう？」

かつて若い女性タレントにさんざん八つ当たりされたことを思い出しながら、マリーは精神を落ち着けるため、学生時代から習っている合気道の呼吸をすーはすーはと繰り返していた。


こうして色々なイレギュラーはありつつも、久しぶりに得られた大型任務にマリーとミシェルの心は浮き立っていた。街の花屋でユリウスへ渡す花束を買ったあと、二人はわくわくした様子で騎士団の寮へと戻る。

「これならきっと、みんなもやる気になるはず！」

「はい！　まずは皆さんを集めて、明日からの計画を――」

だが玄関扉に手をかけたところで、突然邸内から大きな悲鳴が聞こえてきた。

どうやら騎士団員のものらしいと察したマリーは、いったい何がと慌ててドアを開ける。すると入ってすぐのロビーで、屈強な団員たちが死屍累々《ししるいるい》の山と化していた。

「こ、これは……!?」

目を疑うような光景にマリーは思わず絶句する。

すると気絶した騎士団員たちの奥から、一人の青年がゆっくりと姿を現した。

髪は晴れ渡った空のような綺麗な水色。肌も白く、全身に氷を纏っているかのような凛然《りんぜん》とした雰囲気だ。整った顔立ちはミシェルとはまた違ったイケメンだが、今はどういうわけか怒りに打ち震えている——とマリーが息を呑んでいたところで、隣にいたミシェルが口を開いた。

「ユリウス！　到着は明日のはずじゃ……」

「実家には戻らず、そのままこちらに来た。どうせこいつらが好き放題してると思ったからな」

（この人が……ユリウス？）

繊細な美青年の幻想はもろくも崩れ去り、代わりに突き刺さるような冷たい視線がマリーに向けられる。その気迫にしり込みしつつも、マリーはすぐに彼に頭を下げた。

「は、はじめまして！　このたび《狼》騎士団の世話係を拝命した、マリーと申しま——」

だがそれを聞き終えるより早く、ユリウスはミシェルに向かって怒鳴った。

「ミシェル！　お前、俺がいないうちに勝手に何をしてる！」

「お、落ち着いてユリウス！　マリーはおれたちの手助けをしてくれてて」

「黙れ、ここのリーダーは俺だ！　よりにもよって、この寮に女を入れるだと……!?」

（ど、どうしよう……！）

明らかに歓迎されていないと分かり、マリーは思わずその場に硬直する。

さらにタイミングの悪いことに、わずかに空いていた玄関の扉からジローが邸内に入り込んで来てしまった。かつてマリーにしたように、ユリウスの顔めがけてぴょんと張り付く。

「ジジジジロー⁉　ダメよ！　下りなさい！」

「……」

取り乱すマリーに対し、ユリウスは無言のままジローの首根っこを掴《つか》むと、慎重に自身の顔から引き剥がした。ぶらぶらと揺れる子犬を掲げたまま、ミシェルに向かって青筋を立てる。

「ミシェール‼　なんだこいつはー‼」

「うわあああ！　ごめんなさいごめんなさい！　これにはちょっと深いわけがあって」

謝罪するミシェルの傍《かたわら》ら、マリーは急いでユリウスの手からジローを回収した。

だが彼は怒りをあらわにしたまま告げる。

「お前たち、今すぐここから出て行け！　今後この寮に一歩も入ってくるな！」

「そ、そんなこと、急に言われましても……」

「いいからとっとと――」

マリーたちを追い出そうと、ユリウスはなおも腕を振り上げた。

だが間に入ったミシェルがそれをがしっと受け止める。

「ユリウス！　頼むから話を聞いてよ！」

「――っ！」

「不在の間に勝手に話を進めたのは、確かに悪いと思ってる。でもマリーはおれたちのために、本当に一生懸命頑張ってくれているんだよ！　ほら、今日なんて新しい仕事を――」

「仕事だと？」

するとユリウスはわずかに眉を上げたあと、乱暴にミシェルの手を振り払った。

依頼の詳細に目を通すと、ミシェルをじっと睨《にら》みつける。

「本当にうちへの依頼か？」

「そうだよ。マリーのおかげでもらえたんだ」

その言葉を聞いたユリウスは、険《けわ》しい視線をそのままマリーへと向けた。

しかしすぐに「はっ」と鼻で息を吐くと、手にした依頼書をミシェルへと突き返す。

「すぐに討伐計画を立てる。今いる全員を食堂に集めろ、ヴェルナーもだ」

「う、うん！」

「ミシェルさん、私もお手伝いしま――」

「お前は来なくていい」

「……っ」

斬り捨てるようなユリウスの言葉に、マリーはびくりと息を呑んだ。

「俺はまだお前を、うちの世話係とは認めていない」

「……す、すみません」

「詳しくはミシェルから話を聞く。行くところがないのなら一時的な滞在は許可してやろう。だがこの仕事が完了次第、その犬ともども即刻出て行ってもらうからな」

「そ、そんな……！」

「ミシェル、早くしろ」

口を挟《はさ》む隙《すき》を一切与えないまま宣告すると、ユリウスはさっさと食堂の方へ消えていった。

ミシェルはすぐさまマリーの元に駆け寄ると、そっと顔を覗き込む。

「大丈夫だよマリー。おれがちゃんと説得するから」

「ミシェルさん……」

「だから少しだけ、ジローと一緒に待っていてくれる？」

マリーがこくりと頷いたのを確認すると、ミシェルはほっと安堵の表情を浮かべた。

ミシェルの言葉に従い、マリーはジローとともに自室へと戻る。

くうん……と不安そうに見上げてくるジローを、マリーはぎゅっと抱きしめた。

「そんなに心配しなくても大丈夫よ。……きっとミシェルが説明してくれるわ」

使われていなかった木箱に毛布を敷き詰め、そこにジローを入れる。

（とりあえず、話し合いが終わるまで待ってみよう……）

心を落ち着けるため、一旦《いったん》ベッドの端に腰かける。だがどうしても自身の行く末が気になってしまい、マリーはその後も何度か扉を開けて、食堂の様子を探《さぐ》った。

しかし一時間経っても二時間経っても、団員たちが食堂から出てくる気配はない。

（もうてっぺん跨《また》いでる時間なんじゃ……）

緊張と不安でそわそわしていたマリーだったが、いよいよ気疲れが限界に達したのか――いつの間にかベッドで眠り込んでしまった。


翌朝。マリーはひゃん、ひゃんというジローの鳴き声で目を覚ました。

「あっ！　み、みんなは……」

慌てて起き上がり食堂へと向かう。

だがすでに団員たちの姿はなく、作戦会議に使われたらしい地図や資料、そして一通の書き置きだけがテーブルに残されていた。

『マリーへ　討伐任務に発《た》つ。夜には戻れるはずだから　ミシェル』

（置き手紙……そのまま仕事に向かったのね）

広げられた紙には討伐対象となる魔獣のことが書かれており、マリーはなんとなくそれに目を落とした。どうやら「植物が魔力にあてられて変異したもの」らしく、種子に擬態して人の服などに付着し、別の土地で繁殖を始める厄介《やっかい》な種類らしい。

（魔力……って、ゲームとかでよくあるあの魔力かしら？　そういえば『魔』獣討伐って言っていたものね……）

うじゃうじゃとしたツタに無数のとげが生えた恐ろしい外見図を目にしたあと、マリーはそれらの資料を手元にまとめた。

「夜には帰ってくるみたいだけど……どうしよう」

ユリウスを説得するというミシェルの言葉は信じたいが、あの傲慢な彼がそう簡単に受け入れてくれるだろうか。下手《へた》をすれば、仕事を終えてここに戻って来た途端「出て行け！」と荷物ごと放り出される可能性もある。

（やっぱり私自身が、ユリウスさんから認められる努力をしないと……）

しかしいったいどうすれば、とマリーは腕を組んだままうーんと一計を案じる。

（とりあえず、私が世話係として役に立つことを証明しなきゃ。となると――）

マリーはさっそく、食堂の全景を見回した。

世話係がいた頃は毎日のように使われていたのだろうが、今は食事ではなく、もっぱらカードゲームや酒盛りに興じる場所と化している。

（……そうだ！）

マリーは名案を思い付いたとばかりに目を開くと、すぐに自室へと駆け戻った。

エプロンを身に着け髪を結い上げると、よしと腕まくりする。

（みんなが戻ってくる前に、この寮を綺麗にしよう！　どうせ一度、大掃除もしたかったし）

いつもは団員たちが昼間っからのさばっているが、幸《さいわ》い今日は任務で人っ子一人いない。

わふん？　とつぶらな瞳で見上げてくるジローをよそに、マリーはあらゆる掃除道具を携《たずさ》えるとまさに鬼神《きじん》のような勢いで一気に邸中を磨き始めた。

食堂、ロビー、階段は手すりの装飾まで。廊下に浴室、脱衣所、遊技場――とにかくひたすら手を動かし続ける。長い間世話係が不在だったせいか、どこもかしこも汚れと埃が溢れており、マリーは無心になってそれらを拭き上げげた。

（それにしても広いわ……。いったい何がどこまであるのかしら）

やがて太陽が真上に昇った頃、一階にある共有部分の清掃があらかた完了した。

マリーはぜいはあと肩で息をしながら、結んでいた髪をようやくほどく。

「あとは二階、だけど……」

少しだけ逡巡したあと、そろそろと二階に続く階段を上る。

このフロアはすべて団員たちの個人部屋になっており、マリーは今まで一度も足を踏み入れたことがなかった。なるほど似たような扉がずらりと並んでおり、皆が外出している今はまったく人の気配がない。

（さすがに各自の部屋は入られたら嫌よね……）

うんうんと頷いたマリーは、さっそく廊下の掃除に手をつけた。

冷え固まった蝋《ろう》でがちがちになった燭台《しょくだい》を磨き上げ、微妙に斜めになっている額縁の位置をすべて正す。閉じられっぱなしのカーテンを片っ端から開けていたところで、ふと「かたん」という物音が聞こえた気がした。

「……？」

息を潜《ひそ》め、耳を澄ます。

するとマリーのいる場所からちょうど反対側――長い廊下の突き当りにある扉の向こうから、再び「かたん」と物音が響いた。

驚いたマリーは手元にあったカーテンを思わずぎゅっと握りしめる。

（な、何⁉　誰かいるの⁉）

普通に考えれば団員だろうが、今はユリウスの命令で全員出払っているはずだ。

ではいったい――とマリーは様々な原因を想像する。

（でっかい虫？　ネズミ？　それくらいならまだいいけど、もしかして……泥棒⁉　それか勝手に住み着いた不審者とか……）

ぶるるっと身震いしたマリーは、すぐに脇にあった箒《ほうき》を掴んで身構えた。

まずは一旦外に出て、誰か助けを呼ぼうとじりじりと階段に近づく。すると再び廊下奥から小さな物音がし――何かがマリーめがけてとたたたっと走り寄って来た。

「ぎゃー！」

とっさに箒で防御《ぼうぎょ》し、続けて合気道で習った型を繰り出そうとする。

だがその正体が目に入ったところでマリーは慌てて構えを解いた。直後、ぽふんと柔らかい毛玉がマリーの腕の中に飛び込んでくる。

「ジ、ジロー……。二階まで上って来てたのね……」

ひゃん！　と元気よく答えるジローを撫でながら、マリーはほっと胸を撫で下ろした。どうやら先ほどの物音はジローが遊んでいたものだったらしい。

原因が分かれば恐れるに足らず。マリーはすぐに廊下に戻ると、半端《はんぱ》になっていた掃除を終わらせた。

気づけば夕方になっており——厨房に戻ったマリーはふむと考える。

（掃除はあらかた終わった……。あとは食事の準備かしら）

地図で見た任務の場所は、ここから馬で二時間ほど。

周囲には小さな農村すらなく、弁当や携帯食を持っていない団員たちは、おそらく昼食を取れていないだろう。夜遅くに戻って酒場に繰り出すよりは、ここで夕食を取って今日は一日ゆっくり疲れを落としてもらいたい。

（となると、まずは食材を調達しないとね）

マリーはさっそく王都の市場へと向かった。

露店には異国情緒にあふれた食材が並び、それぞれ手書きの値札が置かれている。レタスに似たような葉野菜もあれば、真っ赤なルビーのような未知の果物もあり、マリーはまるで高級スーパーや輸入食品店に来た時のように胸を躍らせた。

まもなく閉まるとあって少し閑散としていたが、マリーはその中から扱いやすそうな生鮮品をいくつか買っていく。

（前世では忙しくて、いつもコンビニかカップラーメンだったけど……。久しぶりに料理できるのはちょっと楽しいかも）

学生時代は節約もかねて、日々自炊を研究していたものだ。

しかし騎士団全員分ともなると結構な量になってしまい、結果マリーは両手いっぱいの荷物を抱えたままひいひいと路地を歩いていく。

なんとか最後に肉屋に辿《たど》り着くと「すみません」と店員に尋ねた。

「このお肉、二キロちょっと欲しいんですが……」

「……」

不愛想な店員はマリーを一瞥《いちべつ》するとぶっきらぼうに金額だけを返した。

その態度と、思っていたよりも高かったことにマリーは少しだけ不満を募らせたが、渋々財布を取り出す。

するとマリーの隣に一人の青年が立ち、こちらに向かってにっこりと微笑みかけた。

茶色の髪にたれ目がちな甘い容貌《ようぼう》。やたら色気のある男性だ。

「お嬢さん、ダメだよ」

「え?」

「なあアンタ、田舎者だとみて上乗せするのはよくないな」

「……チッ」

青年からの指摘を受け、店員は嫌そうな顔で肉とお釣りをマリーに手渡した。

言われていた金額よりも遥かにお釣りが多く、思わずきょとんと青年を見上げる。

だが彼はそのまま、マリーが脇に置いていた大量の荷物を指さした。

「これ、君だけで運ぶつもり?」

「はい。そうですけど……」

「女の子一人に持たせる量じゃないな。良かったら、途中まで手伝うけど?」

「そんな! 今知り合ったばかりの方に」

「いいからいいから」

そう言うと青年はひょいとそれらを持ち上げる。一見細そうに見えたのだが、軽々と抱え上げたその様子に「意外に力がある」とマリーはひそかに感心した。

「でもやっぱり申し訳ないので、あの――ちょっと!?」

丁重《ていちょう》に断ろうとするが、青年は一足先にすたすたと歩いて行ってしまう。

人質《食材》を奪われたマリーは、仕方なく青年の後を追った。

「君、初めて見る子だね。どこから来たの？」

「ええと、日本からですが……」

「ニホン……初めて聞く地名だね」

やがて二人は《狼》騎士団の寮へと辿り着いた。

青年は廃屋同然のそれをぽかんと見上げたあと、マリーに恐る恐る尋ねる。

「ええと、ほんとにここでいいのかい？」

「はい！　あ、実は私、先日からここの騎士団のお世話係をしておりまして」

「へえ……君がお世話係……」

ここまでで大丈夫です、というマリーの遠慮をやんわりと制し、青年は「いいからいいから」と食材を邸内まで運び込んでくれた。改めてテーブルの上に並べるとものすごい量で、マリーは青年に深々と頭を下げる。

「本当にありがとうございました。私一人ではとても運びきれなかったです」

「次に行く時は、誰か騎士団の奴を連れて行くといいよ。あの店員みたいなのも時々いるしね」

「き、気をつけます……」

すると青年は厨房の中をゆっくりと見回した。

「驚いた……。随分綺麗だけど、君が掃除したの？」

「はい。まだ目に見えるところだけですけど」

「なるほどね。それで今から手料理を振る舞おうってわけだ」

「皆さんお仕事に出ているので、少しでも何か出来ないかと思って」

「そりゃあ楽しみだ」

（楽しみ……？）

朗《ほが》らかに笑う青年につられて微笑むマリーだったが、ふと不安が顔に出てしまう。

「でも……今日が最後になるかもしれません」

「最後？」

「皆さんが戻ってきたら、私、ここから追い出されるかもしれなくて……」

それを見た青年はすぐに笑みをひそめ、口元に手を当てたまま何ごとかを考えていた。

だがすぐに口角を上げると、近くにあった紙に何かを書きつけていく。完成したそれを手渡されたマリーは「はい？」と青年の方を仰いだ。

「あの、これは……」

「秘密のレシピ。効くか分かんないけど、これ作ってユリウスに出してみて」

「は、はあ……」

そう言うと青年は、ひらひらと手を振りながら厨房をあとにした。

マリーは慌ててあとを追いかけ、玄関から出て行く彼に頭を下げる。一人残されたところで、再度青年から貰ったメモ書きをまじまじと見つめた。

(これって……)

材料は揃っているし、難しい調理でもないからマリーでも作れるだろう。だが――

(どうしてユリウスさん？　というか、ここのリーダーがユリウスさんって言ったっけ……)

ここまでの記憶を辿るが、そんな話をした覚えはない。

しかしさすがに一騎士団のリーダーともなれば、ある程度市民に周知されているものかもしれない――とマリーは何となく納得した。

「それより、早く準備しないと！」

山の端を照らす夕日に気づいたマリーは、慌てて厨房へと駆け戻った。

そして深夜。

話し声と足音がごちゃまぜになった騒音とともに、団員たちが帰着した。

疲れたー腹減ったーと口々に喚《わめ》く彼らを出迎えたマリーは、おずおずと食堂へと案内する。

「おおーっ、すげーっ！」

「これマリーちゃんが作ったの？　一人で？」

「は、はい！」

調味料で下味をつけ、大量に焼いた豚肉。揚げた鳥肉に、照り照りと輝く骨付き肉。

焼き立てのパン。じっくり煮込んだ具沢山《ぐだくさん》のスープ。念のためサラダも大盛りで。

テーブルの上に並ぶごちそうの数々に、団員たちは我先にと椅子に座って食事を取り始めた。マリー一人では絶対に作らないメニューだが、食べ盛りの男性陣には見事ヒットしたようだ。

(良かった……やっぱり肉中心で正解だった……！)

遅れてミシェルも顔を見せ、驚いたようにマリーの方を振り返る。

「すごいやマリー！　でも、買い出しとか大変だったんじゃない？」

「いえ、途中で親切な方に助けていただいたので」

「親切な方？」

すると最後にユリウスが現れ、着替えもしないまま肉を貪る団員たちに舌打ちした。

ミシェルの傍にいたマリーに気づくと、相変わらず不機嫌さを露《あらわ》にする。

「余計なことを……」

「ユリウス！　せっかくマリーが準備してくれたのに、その言い方は酷いよ」

「うるさい。どれだけあいつらに媚《こ》びを売ろうが、俺の意思は変わらん。お前は明日にでも出て行ってもらう」

「……っ」

困惑するミシェルの視線を感じ、マリーは心を落ち着けるようにはあっと息を吐き出した。

「ミシェルさん、大丈夫です」

「マリー？」

「ここは私が、頑張るところなので」

マリーはミシェルに微笑みかけると、そのままユリウスの方に向き直る。

「あの、少しだけここで待っていていただけますか？」

「……？」

数分後、マリーは一つの皿をユリウスの前に置いた。

頑《かたく》なだった彼の眉が、ぴくりとわずかに動く。

「……なんだこれは」

「パンケーキです。疲れた時には糖分を補給しろといいますので」

お盆を胸の前に抱えたまま、マリーは緊張しながらそれだけを口にした。

謎の青年から渡されたレシピ通りに作ったものの——今になって「本当に良かったのだろうか」という不安がよぎる。

（ユリウスさん、やっぱりこんな甘いもの食べないんじゃ……）

だが意外なことにユリウスは、黙ってフォークとナイフを手に取ると、実に綺麗な所作で食べ始めた。一口を運んだ途端、薄氷色の瞳がかっと開かれる。

「これは……」

「す、すみません！　お口に合わなかったですか？」

「いや……。……お前、これはどこで習った？」

「習ったというか、その、街で会った親切な方に……」

そこで何かを察したのか、ユリウスは眉間に深く皺を寄せた。

次々と変わる表情にマリーが戸惑っていると、ミシェルが真剣な顔で訴える。

「ユリウス。何度も言っているけど、うちにはマリーが必要だ。寮も今までとは見違えるほど綺麗になっているし、こうしてみんなの食事まで――。だいたい今日の仕事だって、マリーのおかげでもらえたようなものじゃないか！」

「……」

「マリーは誰よりも真剣に、この騎士団のことを考えてくれている。それを……女性というだけで追い出すなんて、あまりに失礼じゃないかな」

するとそれを耳にした他の団員たちも、口々にミシェルの援護をする。

「そうだそうだ！　リーダー、そりゃあんまり横暴だぜ」

「こんなうまい料理が食べれんなら、俺らも頑張るからよ！」

「そんな無下《むげ》に扱わなくても――」

だが好意的な彼らの言葉は、ユリウスがテーブルを叩く音一つですぐに静まり返った。

「黙れ」

「……っ！」

「俺の決定は絶対だ。……《狼》騎士団に女はいらない」

（やっぱり……ダメだった……）

蜘蛛の糸にもすがるような思いで努力したが、やはり彼の考えは変えられなかったようだ。

賑やかだった食卓が一転してお通夜のような雰囲気になり、いたたまれなくなったマリーはたまらずその場を立ち去ろうとする。

だがそこに、のほほんとした聞き覚えのある声が割り込んだ。

「あれ、どうしたーみんな」

「え？　ひ、昼間の……」

「やあ。マリーちゃんって言うんだ、可愛い名前だね」

食堂に顔を見せたのは、買い物の荷運びを手伝ってくれた青年だった。

どうしてまたここに？　とマリーが首を傾げていると、何故かユリウスががたんと荒々しく椅子から立ち上がる。

「ヴェルナー！　貴様、任務にも参加せず今までどこに行っていた！」

「あーちょっとお姉さんが離してくれなくてさあ」

「また無断外泊か……。仕事もせず何をふらふらと」

「ごめんごめん。でもおかげでうちの世話係が騙《だま》されるのを、未然に防げたわけだしさ」

「……何？」

（あ、あーっ！）

肉屋のことをばらされる、とマリーはすがるような目でヴェルナーと呼ばれた青年を見つめた。

しかし彼はにっと目を細めたまま、自身の口元に人差し指を立て「大丈夫」と囁く。

「だいたい、女の子一人にあんな買い出しさせるとか無理ありすぎだろ」

「知らん。そいつが勝手にしたことだ」

「いいのかなあ、そんなこと言って。さっき確認してきたけど彼女、団長からの推薦でここの仕事を始めたって聞いたけど？」

その言葉を耳にした途端、ユリウスはすぐに表情を強張らせた。

すっかり縮こまっているマリーに目を向けると、真偽《しんぎ》を確かめるように問いただす。

「おい！　それは本当か」

「は、はい……。ロドリグ団長に声を掛けられて、ここに……」

「……っ、あの人はどうしてこう勝手なことを……」

「いくらお前がリーダーとはいえ、騎士団長の命令はさすがに無視出来ないんじゃない？」

んー？　とヴェルナーがにやにやしながらユリウスを煽《あお》る。

ユリウスは憤懣《ふんまん》やるかたない様子でしばし口をつぐんでいたが、ちっと大きな舌打ちを残して乱暴に椅子に座り込んだ。そのままちらりとマリーを見やる。

「名前は」

「さ、相良麻里と申します」

「……特例として、世話係の任を請け負っている間に限り、この寮への滞在を許可する。ただし今後の仕事ぶりを見て、俺が不要だと判断した場合、即刻解雇する。もちろん団長にもきちんと話を通したうえでな」

「は、はい！」

（よ、良かった……クビを回避したみたい！）

どうやら首の皮一枚繋がったらしい。

視線を感じて隣を向くと、嬉しそうなミシェルと目が合った。同じく反対側を振り返ると、ヴェルナーが得意げにウインクする。

そんな彼らを目にしたユリウスは、体の前で腕を組んだまままさらに続けた。

「平時の掃除や洗濯は、騎士団員に交代でさせろ。自己管理も騎士としての務めだからな。食事は毎日とは言わん。手伝いが必要なら当番制で当たらせろ」

「あ、ありがとうございます……」

てっきり「すべての雑務をこなせ」と命令されると思っていたマリーは、少しだけ肩透かしを食らう。

だが直後、これがいちばん重要だとばかりにユリウスが告げた。

「それから――特段用がない限り、俺には無闇に近寄るな」

「はい……」

（徹底的に嫌われている……）

嬉しさ半分、悲しさ半分の複雑な気持ちを抱えながらも、マリーはとりあえず安堵のため息をついた。しかし安心するのもつかの間、ユリウスから厳しい一言が追加される。

「だがあの犬は捨ててこい」

「えっ⁉　ど、どうしてですか？」

「当たり前だ。俺たちは慈善事業をしているわけじゃない。だいたい引き取り手がいなかったからと言って、ほいほい貰ってきてどうするつもりだ」

「だ、だって、あのままだとあの子が……」

一難去ってまた一難、ミシェルは必死に事情を訴える。

するとタイミングがいいのか悪いのか、マリーの部屋にいたはずのジローが、弾むボールのように食堂へ飛び込んできた。

ユリウスがいちばんに気づき、座っていた椅子からすぐさま立ち上がる。

「おい！　誰が放したままにしていいと言った！」

「す、すみません！　ジロー、こっち‼」

だがジローはマリーの呼びかけに応じることなく、わざわざ距離を取ったユリウスの元へ足早に駆け寄った。それを見たユリウスは、さらにびくりと体を震わせる。

「お前たち、何とかしろ！」

「ジローってば、いったいどうして――」

しかしジローは「ウウ……」という今まで聞いたこともない低い唸り声を上げながら、ユリウスを見上げて牙《きば》を剥《む》いていた。

（だめよ、ますます怒られちゃう……！）

マリーは慌ててジローを抱き上げる。

だがジローの警戒はいっこうに収まらず、ついにユリウスに向かって激しく吠え立て始めた。ああ、と取り乱したマリーとミシェルがてんやわんやしているうちに、いよいよユリウスの堪忍《かんにん》袋《ぶくろ》の緒が切れる。

「――っ、ミシェル!!　今すぐその犬を――」

「ちょーっと待った」

今すぐにでもジローを放り出さんとする形相《ぎょうそう》のユリウスを、ヴェルナーがやんわりと制する。

ぴき、とこめかみに青筋を浮かべるユリウスのもとに歩み寄ると、その胸倉《むなぐら》をがっと強く掴み上げた。突然の行動に、食堂内は一時騒然となる。

「ヴェルナーさん⁉」

「貴様、何を考えてっ……」

「あーやっぱり。そいつ、これに吠えてたんじゃない？」

そう言うとヴェルナーは、ユリウスの襟元から何かをぶちっとむしり取った。

開かれた手のひらには、まがまがしい紫色の種子が転がっている。それはマリーが今朝資料で目にした魔獣が擬態する種子そのものだった。

「退治してる時についたんだろ。動物の中には、人間より魔力の匂いに敏感なやつもいる。こいつが気づかなかったら、明日にはオレたちこの寮ごとお化け屋敷になってたかもな」

「……」

ヴェルナーがそれを踏《ふ》み潰《つぶ》すと、ジローは途端に大人しくなった。

で？　とヴェルナーが先ほど同様、試すような口ぶりでユリウスに問いかける。

「役立たずはいらないって言っていたけど、どうする？」

「――っ、……！」

ユリウスはにやけ顔のヴェルナーを睨みつけたあと、マリーとその腕の中にいるジローをじっと見つめた。やがてがしがしと頭を掻くと「ミシェル！」と呼ぶ。

「世話はすべてお前が責任を持ってやれ。何か粗相《そそう》をした時点ですぐに放り出す」

「は、はい！」

「悪天候時を除き、建物内に入れることは許さん。特に俺の部屋には絶ッ対に近寄らせるな。見かけた時点で即座に摘まみ出す」

「気をつけます！」

「分かったらとっとと行け！」

はいっ！　と何故かマリーまで姿勢を正したあと、二人は逃げるように食堂をあとにした。しばらく無言で走っていたものの、嬉しさと安堵を滲ませるようにミシェルが顔をほころばせる。

「よ……良かったぁ……！　本当に色々、ダメかと思った……」

「はい！　ミシェルさんのおかげです」

「そんなことないよ。マリーが頑張ったからだ」

互いの健闘をたたえ合うように、二人はふふっと微笑み合う。

さっそく玄関先にジローの寝床を用意したところで、ミシェルがよっと立ち上がった。

「ジローのご飯とお水、準備してくるよ」

「あ、それでしたら私が」

「大丈夫。疲れただろうから座ってて」

引き留める間もなく、ミシェルはさっさといなくなってしまった。一人残されたマリーは「くぅん」と鳴くジローを抱き上げると、込み上げる嬉しさをじんわりと噛みしめる。

するといつの間に来ていたのか、背後からヴェルナーに声をかけられた。

「こんばんは。大変だったね」

「ヴェルナーさん！　こちらこそ、助けてくださりありがとうございました」

「いえいえ。ユリウスは頭が固いから」

悪い奴じゃないんだけど、とヴェルナーは笑う。

「そうそう。あの場では言わなかったけど、あいつ実は、犬がめちゃくちゃ苦手なんだ」

「そ、そうなんですか⁉」

「小さい頃、でっかい犬に噛まれたらしくて。それもあって、こいつを目の敵《かたき》にしていたんだと思うよ」

なー、と人差し指の先で、マリーの腕の中にいるジローの額《ひたい》をこちょこちょと撫でる。

（そっか……犬嫌いというか、怖かったんだ……）

言われてみれば、ユリウスはジローを前にすると、いつも過剰なまでに緊張していた。

一度だけジローを持った時も、腕がぶるぶると震えていた気がする。

するとユリウスはさらに目を細めた。

「まあ、苦手なのは犬だけじゃないけど」

「え？」

「君」

指さされ、マリーは思わず自分に人差し指を向ける。

そこでようやく意味を察し、どよんと肩を落とした。

「はっきり言われなくても、嫌われていることは重々《じゅうじゅう》承知しておりますので……」

「ごめんごめん、そうじゃないよ。あいつ、女性全般が苦手なんだ」

「女性……ですか？」

「うん。あいつ、ついこないだまで入院してたの知ってる？　あれって家の用事で参加したパーティーで、女性にめちゃくちゃ取り囲まれてさ。なんとか逃げだそうと二階のバルコニーから飛び降りて、骨折したからなんだって。ウケるよねー」

「二階から飛び降り⁉」

てっきり仕事中の怪我《けが》や見た目には分からない病気かと思い、詳しく触れないようにしていたのだが、まさかそんな理由だったとは。

というか、そんなに女性が苦手なのか――と若干同情の気持ちすら浮かんでくる。

「もちろんそれにも理由があって……まあ、そこはあいつから言うべきところかな。ともあれ、この騎士団に女性を置きたくないっていうのは、そうした事情もあるからさ。あんまり気分を害さないでくれると嬉しいな」

「も、もちろんです！」

「ありがと」

ヴェルナーは安堵したように顔をほころばせる。

それを見たマリーは改めて彼に尋ねた。

「ところでヴェルナーさんはどうしてこちらに？　まさか心配して、わざわざ来てくださったとか……」

「わざわざっていうか、オレここに住んでるから」

「ここ……って、まさかヴェルナーさんも《狼》騎士団の方なんですか⁉」

驚きに目を剥くマリーを見て、ヴェルナーが「まじか……」と苦笑した。

「本当にずっと気づいてなかったんだなあ。荷物運ぶ時、おかしいとか思わなかった？」

「す、すみません。まったく……」

「うーん、これはまたどこかで騙されそうだ」

言われてみれば昨日ユリウスが「ヴェルナー」と名前を呼んでいた気がする。

何か失礼な言動をしていなかっただろうかと記憶を手繰るマリーをよそに、ヴェルナーは再びジローの頭を優しく撫でた。

「でも良かったね。君もこいつも、追い出されずに済んで」

「はい。ヴェルナーさんのフォローがなければどうなっていたことか」

「あはは。まあ確かに効いたみたいだね。でも多分あいつ、パンケーキが出てきた時点でだいぶ揺らいでいたと思うよ」

「揺らいでいた、ですか？」

「うん。あいつああ見えて、甘いもの大好きでさ。でも人目があるからって外では絶対に食べないんだ。だから仕事の後のあのパンケーキ、めちゃくちゃ嬉しかったんじゃないかな」

「そ、そうでしょうか……」

思い返してみるが、喜んでいたような様子は微塵《みじん》も記憶にない。

うーんとマリーが頭を抱えていると、ヴェルナーが静かに微笑んだ。

「とりあえず、これからよろしくね。マリーちゃん」

「はい！　こちらこそよろしくお願いします！」

「じゃ、早速だけどオレちょっと用事あるんで」

「用事？」

「綺麗なお姉さんとデート♡　なんなら一緒に――」

「行きません!!」

被《かぶ》せ気味のマリーの返事に、ヴェルナーはあははっと軽快に笑った。

「明日の昼には戻るからさー」

「あ、ちょっと！」

呆然《ぼうぜん》とするマリーを残し、ミシェルはふらりと門の外に出て行ってしまった。

やがて餌皿を持ったミシェルが、何も知らずに戻ってくる。

「ただいまマリー……ってどうしたの？」

「……青少年の健全な生活のため、門限を定めるべきか考えています」

「門限？」

眉間に皺を寄せて悩むマリーに、ミシェルは首を傾げる。

ジローは、やっとご飯がきたとばかりに「ひゃん！」と嬉しそうに鳴いた。

第三章　騎士団イメージアップ戦略

マリーが世話係になってから一カ月が経過した。

どうやらこの世界にも四季に近い気象の変化があるらしく、日に日に上がり続ける外気温にマリーはぱたぱたと手で顔を扇《あお》ぐ。

（湿度が低いせいか、日本のじめっとした感じはないけど……）

はあとため息をついたあと、すっかり見慣れてきた日誌を開く。

以前同様真っ白のまま――ではないにせよ、前回達成した『魔獣退治』のあとはぽつん、ぽつんと申し訳程度の依頼が記載されているだけだ。

ちなみに『自動翻訳機能』は書き文字にも有効で、日本語で書いているつもりが、表れるのは見知らぬ文字――という不思議な現象が起きていた。

（うーん……やっぱり仕事がない……）

聖女様《リリア》からお情けで与えられた一件以降、大きな仕事は貰えていない。リーダーのユリウスが復帰したことで、騎士団内にも多少やる気が戻ってきたように見えたのだが――

「悩んでも仕方ないか。今日も斡旋所に行ってみよう！」

もはや第二の自室と化した食堂を出て廊下を歩いていると、向かいからユリウスが姿を現した。

こちらに気づくと途端に険しい顔つきになり、マリーはささっと柱の陰に身を隠す。

「お、お疲れ様です……」

「……」

そこから一歩も動くなよ、という野犬のような目つきでユリウスが横を通り過ぎ、マリーは完全にいなくなったのを確かめてから「はああっ」と息を吐き出した。

何とかこの邸に滞在を許されたものの、彼とは相変わらずこんな状態である。

(でも食後のパンケーキは、誰よりも綺麗に食べてくれるのよね……)

ユリウスに言われた通り、掃除や洗濯は団員たちに当番制でお願いしている。

料理だけは手伝いを頼みつつ、マリーが指揮を執《と》ることが多いのだが——これがなかなか好評だった。

「マリーちゃんの手料理食べたら、疲れが早く取れた気がする」「体調の悪いのが収まった」「なんか怪我の治りが早い気がする」という話もちらほら聞くようになり、お世辞でも嬉しくなったマリーは、これまで以上に気合を入れるようになったものだ。

思えばマネージャー時代も、食事には気をつけるようアイドルたちに言っていた気がする。

(やっぱり健康は食からよね！　お酒ばかりじゃ、身体も悪くなって当然だし)

そういえば、ヴェルナーとはあれからほとんど会っていない。

団員たちからの情報によると、彼は王都のいろんなところに『綺麗なお友達』がいるらしく、夜になるとたいていそのいずれかの女性の家で寝泊まりしているらしい。

その素行にはユリウスも心底呆れているらしいが、騎士養成学校時代に同期だったことや、のれんに腕押しのような彼の性格もあって、なかなか改善には至らないそうだ。

（やっぱり、門限を設定するべきかしら？　でも恋愛禁止という訳でもないし……）

首を傾げながら廊下を歩いていると、玄関先にいたミシェルがマリーに気づき、おーいと手を上げた。制服の上着は脱いでおり、白いシャツを肘《ひじ》までまくり上げている。

「マリー！　斡旋所に行くの？」

「はい。新しい依頼が出ていないか聞いてきます」

「買い出しも行くんでしょ？　おれも付き合うよ」

そう言うとミシェルは折っていたズボンの裾をくるくると戻した。

どうやらジローを洗っていたのか、外に出るといつもよりふかふかになった毛玉が嬉しそうに「ひゃん、ひゃん！」と庭を駆け回っている。

「しっかし暑いよねえ、溶けちゃいそうだよ」

「こう暑いとアイスでも食べたくなりますね」

「アイスって？」

まさかの返しに、マリーは思わず「えっ」と目を見張る。

「もしかしてこの国にはないんですか、アイス」

「呼び方が違うのかな？　聞いたことはないけど……」

「なんと……」

文化の違いに愕然《がくぜん》としつつ、二人は暑い中広場へと移動する。

斡旋所の一番受付に向かうと、もはやおなじみになった書記官が「げえっ」と分かりやすく眉をひそめた。

「またあんたらか」

「いつもすみません。何かうちで請けられそうなものは……」

「だからないって言ってるだろ。あんたらも大概《たいがい》しつこいなあ」

早く次の処理をしたいとばかりに、書記官はとんとんと手元の書類を揃える。だがしょんぼりする二人の姿をじっと眺めたかと思うと、やがて「ふん」と偉そうに息をついた。

「あんたら、どうして仕事が来ないのか考えたことあるのかい」

「え？　それはその、うちが他の騎士団に比べて人気がないからで……」

「その『人気がない』理由を考えたことがあるのかって聞いてんだ。そりゃもちろん、それぞれの騎士団には得意分野がある。だがそれとは関係ない任務も毎日のように届いているんだ。それなのにどうして《狼》にだけ仕事がこないのか——まずはそこを直してからだと思うがね」

ほら邪魔邪魔と書記官に追い払われ、二人はすごすごと斡旋所をあとにした。

しばし無言で歩いていたマリーだったが、おずおずと隣にいたミシェルに尋ねる。

「言われてみれば『どうして人気がないのか』を、ちゃんと分析したことなかったですね……」

「うん……。なんとなく仕方がないって思っていたけど、これを機に『どうしたらもっと人気が出るのか』具体的に考える必要があるのかも」

「はい！」

意見が合致したところで、二人はまず現状の問題点を挙げることにした。

「まず戦闘力で他の騎士団に劣《おと》っているということはないと思うんですよね。実際、先日の魔獣討伐も無事解決しましたし」

「それは多分大丈夫だよ。特にユリウスやヴェルナーは《獅子》にいてもおかしくない実力って言われているし」

「そうなんですか……」

問題解決能力に大差ないとなれば、本来そこまで依頼に偏《かたよ》りは出ない気がするが——現実問題として『《狼》以外で』という条件付きがほとんどだ。

マリーはうーんと腕を組んだあと、前世でのマネージメントのやり方を思い出す。

（同じ会社にいる私たちでは意外と気づかない……。外から見ているファンの方が、よっぽどそのアイドルの良さや欠点を知っていたりするのよね……）

ここが現代日本であればがんがんエゴサーチするところだが、いかんせんインターネットなど存在しない世界だ。マリーはよしと拳を握りしめる。

（ＳＮＳがないなら――直接聞いて歩くまで！）

マリーはさっそく、買い出しのために赴いた露店でそれとなく店主に尋ねた。

「あのーちょっとお尋ねしたいんですが……。斡旋所にお仕事を頼んだことってあります？」

「ああ、何度かあるよ。あの時は《鷲》騎士団が対応してくれたっけ」

「もしかしてその時『《狼》は除く』って出しました？」

「あー確かに条件つけたかもな。だってほら、なんか怖そうじゃん、あいつら」

「は、はは……」

ミシェルが上着を着ていなかったから分からなかったのか。

マリーたちがその《狼》の関係者だと気づかないまま、店主はあっけらかんと言い切った。

ありがとうございますと商品を受け取ったあと、すぐに次の店へと向かう。

「いつも酒場でたむろしてるでしょう。だからなんか信用できなくって」

「やることなすこと荒っぽいんだよなあ。あと見た目。服とか髪とかよれよれだし。その点《獅子》や《鹿》の連中はいつもみんなぴしっとしてて恰好いいよな」

「《狼》～？　なんかいつもやる気なさそうじゃなぁい？」

「昔に一度依頼したことあるんだけどよ、後始末がもーうひどくって。もう二度と頼まねえと思ったね俺は！」

「あのユリウスって人にめちゃくちゃ睨まれてから怖くて……」

「あ⁉　お前ら《狼》騎士団の奴か⁉　ヴェルナーがいたら今すぐ連れてこい！　人の女房に手を出しやがって、次に見たらただじゃおかねえ！」

(ヴェルナーさん！　何やってんですかー⁉)

大量の荷物を抱えた二人はようやく寮の門まで辿り着くと、がっくりと肩を落とした。

「なんか……すごかったね」

「はい……。ですがこれで少し、直すべきポイントは見えてきた気がします」


翌日。

団員たちはミシェルの声かけで食堂へと集められた。

いちばん離れた席に座っていたユリウスが、苛々とした様子で口を開く。

「……俺たちを呼びつけるということは、よほど有意義な話が聞けるんだろうな？」

「も、もちろんです！」

はいかイエスしか許されなかった事務所での地獄のミーティングを思い出し、マリーは思わず背筋を伸ばす。倉庫から見つけ出してきた黒板を引っ張り出すと、かっかっと白墨《はくぼく》で書き込んだ。

「今日は……研修会を開きたいと思います」

「研修会？」

初めて聞く単語に、団員たちは揃って首を傾げる。

マリーは緊張した面持《おもも》ちのまま、彼らに向かって語りかけた。

「皆さんもご存じの通り、今の《狼》騎士団は他の騎士団に比べ、明らかに仕事がない状態です」

「それはあれだろ、俺たちに人気がないからで」

「人気がないのにも、ちゃんと理由があると思うんです」

そう言うとマリーは「服装」「生活態度」「仕事への向き合い方」「現場での対応」などを次々と箇条書きしていく。

「昨日ミシェルさんと一緒に、王都の皆さんに《狼》騎士団についての評価を聞いてきました。それによると皆さんの普段の行動や、任務の後始末などに大きな問題があると分かったんです」

「問題って言われても、どうすりゃいいのか……」

「まずは服装からです。せっかく制服があるんですから、まずはそれをきちんと着こなすことを考えましょう。そんな風《ふう》にシャツを出したり、裾を引きずるように穿《は》いたりはよくありません」

マリーに指摘された騎士たちが、慌てて衣服を正す。

「それから普段の生活。皆さん、よく王都の酒場に行っているようですが……そこで泥酔《でいすい》している姿や、他のお客さんに絡んでいる姿などがたびたび目撃されているようです。いくらプライベートの時間とはいえ、そういったところも市民の方はちゃんと見ています」

その後も仕事に対してどういう姿勢で臨むか、任務を始める前後にはきちんと依頼者に挨拶《あいさつ》をするなどといった基本的な振る舞い方を、マリーは事細かに彼らに講義した。

説明をしながらふと前世のことを思い出す。

（新人アイドルの子たちにも、最初にこうして教えていたなあ……）

どれだけ本人に才能があろうとも、現場での態度やスタッフさんに好かれるかどうかで、舞い込んでくる仕事の量は格段に変わる。要は「この人とまた仕事をしたい」と思われなければ、どんなに実力があっても次は呼ばれないのだ。

こうして一通り説明したところで、マリーはそっと白墨を置いた。

しいんと静まり返った食堂の空気に緊張しつつ「どうでしょうか……」と尋ねる。

やがてユリウスが口火を切った。

「お前に言われることは甚《はなは》だ遺憾《いかん》ではあるが……もっともな指摘だと認めよう」

「ほ、本当ですか⁉」

「各自、これまで以上に生活習慣の見直しを徹底しろ。お前たちの普段の行動が、騎士団全体の評価に繋がる。衣服頭髪の乱れ、深夜の飲酒喫煙は今後厳重処分とする」

「は、はーい……」

ずうんと重くなった空気にマリーはうっと口をつぐむ。

だがもう一つこれだけは、とばかりに手を上げた。

「それでしたら、ユリウスさんにもお願いが」

「何だ」

「その……じょ、女性に対して、もう少し優しく接していただけると……」

「はあ？」

途端に顔が険しくなったユリウスに、マリーは「違うんです」と涙目で訴える。

「王都に住む女性の多くから『ユリウスさんが威圧的だった』と言われたんです……。ですからあの、私に対するとかではなく、お仕事と思って、もう少し温和に接していただけるとですね」

すると食堂の出入り口付近から「ぶはっ」と噴き出す声が聞こえてきた。

「何それ。ユリウス怖がられてんの？　マジでうけるんですけど」

「ヴェルナー！　貴様また外泊していたな！」

「ごめんごめん。でもま、マリーちゃんの指摘は正しいと思うよ。お前、女性に対して態度悪すぎ」

「それはっ……」

ぐぎぎと奥歯を噛み締めるユリウスを前に、マリーはほっと胸を撫で下ろす。

だがすぐに顔を上げると、ヴェルナーに対しても忠言した。

「ヴェルナーさんも女性に対しては十分注意してください。その……自由な恋愛は止めませんが、相手がいる方や不特定多数の方と次々というのはやはりその、こ、快《こころよ》く思わない方が多いと思いますので……」

「あれ？　もしかしてやきもち焼いてくれてるの？　嬉しいなあ」

「いえ、そういう意図はまったくないです」

「残念。ま、刺されない程度には気をつけるね」

やがてヴェルナーは慣れた仕草で、手にしていた一枚の紙をひらりと卓上に置いた。

「それはそれとして、珍しくうちに仕事が来たよ」

「本当ですか⁉」

「うん。明日隣町で行われるお祭りの市街警邏《けいら》なんだけどね。この日、他の騎士団がちょうど全部出払っているみたいでさ。仕方ないから《狼》にお願いしますって」

「し、仕方ない、かあ……」

悲しい枕詞《まくらことば》に肩を落としつつも、仕事は仕事だとマリーは気を取り直す。

「皆さん、今日の研修を生かす絶好の機会です。明日は私も同行するので、依頼人や市民の方に良い印象を持っていただけるよう頑張りましょう！」

「おーう！」

いちばんに呼応したミシェルに続き、他の団員たちも渋々ではあるが同意してくれた。

それを見たマリーは確かな手ごたえを感じ、ぐっと拳を握りしめる。


――が、現実はなかなかに厳しいものだった。

翌日。隣町に移動する幌馬車の中で、マリーの注意が炸裂《さくれつ》する。

「ちょっと、上着はどうしたんですか！」

「あーごめん、昨日まであったんだけどなんかなくしちゃって」

「お酒臭い……。いったいいつまで呑んでたんです……」

「夜中の二時までは覚えてるんだけどなあ。あっはは」

（だめだこれ……）

たった一度の研修ですべてが改善されるとは思っていなかったが、まったく変わらないその様子を見て、さすがのマリーもがっくりと肩を落とした。

（やっぱりいきなりは難しいか……。これから少しずつ変えていくしかないよね）

やがて一行は、依頼者である町長のもとに到着した。

騎士たちの暴慢《ぼうまん》な見た目に怯える町長を前に、マリーは慌ててお辞儀をする。

「今日はご依頼ありがとうございます。お祭りの警備、しっかりやらせていただきますね」

「あ、ああ……。くれぐれも問題だけは起こさないでくれよ」

悪事を止めに来たはずが、まさかの起こす側認定されていることに若干の悲しみを覚えつつ、マリーは笑顔で「はい！」と答えた。

するとそこに聞き覚えのある声が近づいてくる。

「あれ～？　こんなとこで会うなんてぐうぜーん」

「あ、あなたは……」

現れたのは、相変わらず目立つピンクの髪をひらめかせた『聖女』リリアだった。

背後にはクロードを筆頭に、真っ白な騎士服を着た《獅子》たちがずらりと待機しており、その神々しさにマリーは思わず目を眇《すが》める。

最後尾には、純白に金泥で彩られた四頭立ての箱馬車も追従していた。マリーの乗ってきたぼろぼろの幌馬車とは随分な違いである。

「リリアはお出かけ～。なんかね、この近くの森にふわふわの猫がいるらしくて、ペットにしようと思ってるんだぁ」

「ぺ、ペットですか……」

「うん。リリア『聖女様』だから。なんか不思議と動物に好かれちゃうんだよねえ」

聞くところによると――リリアには不思議な力があるらしく、小動物から鳥、大型の獣まであとあらゆる動物になつかれてしまうらしい。

さらには彼女の命令を理解し、忠実に従うようにもなるそうで、王族はもちろんこの国の諸侯からも「まさに聖女様にふさわしい加護だ！」と礼賛《らいさん》されているそうだ。

「やっぱり動物にも分かるのかしら。このリリアの愛らしさが♡」

「ソウデスネー」

もはや適当に切り上げたいマリーに対し、リリアは品定めでもするかのようにマリーの傍にいる《狼》騎士団の面々をゆっくりと見回した。

その後、自身を警護する《獅子》騎士団の方をちらりと振り返り、うふふと満足げに微笑む。

「今日もリリアの勝ちね。あっ、でもぉ……」

リリアは後ろの方にいたヴェルナーを目ざとく見つけると、とたたっと駆け寄った。

「あなた、ちょっと素敵かも。良かったらリリアと一緒に来ない？」

「おや素敵なお嬢さん。オレで良かったら喜んで」

「ヴェルナー！」

「せ、聖女様！」

ユリウスとクロードが同時に叫ぶ。

だがその怒号《どごう》を無視して、ヴェルナーは慣れた様子でリリアの片手を持ち上げた。

しかし割り込んできたクロードの姿を見た途端、浮かべていた笑みを即座にひっこめる。

「クロード、あんたもいるとはね」

「ヴェルナー……」

「ごめんねお嬢さん、今日は仕事で来てるから。遊ぶならまた今度、二人っきりの時に」

「え～？」

不満そうに口をとがらせていたリリアだったが、悲しそうなクロードに気づくと「絶対、約束だからね！」と念を押してヴェルナーの手を離した。

「じゃあね～。ここ日焼け止めとかないから、真っ黒にならないよう気をつけて！」

そう言うとリリアはクロードの手を借りて彼の白馬に跨《また》がり、小さな嵐が通過するような勢いであっという間に去っていった。

そのあとを他の騎士たちと立派な箱馬車ががらがらとついて行き、華々しいその一団がいなくなったところで、マリーはようやく疲れ切った息を吐き出す。

(いつ見ても……元気な子……)

今の外見年齢はほとんど変わらないが、中身で考えるとどうしても年下に対する感想になってしまう。マリーはよしと気合を入れなおすと、団員たちに今日の任務の説明を始めた。


その後、市街の警邏は順調に進んだ。

起きたのは屋台での口喧嘩《くちげんか》くらいで、お祭り自体もじき終わりを迎えようとしている。

(良かった……無事に依頼を達成できそう)

最初のうちはだるそうにしていた団員たちも、マリーからの再三の注意や、後方でいつも以上に目を光らせているユリウスを恐れたのか、少しずつ態度を改めていった。

また、普段の彼らを知らない隣町の子どもたちが「騎士様かっこいーー!」と目を輝かせる場面も多く見受けられ、その視線は彼らの素行《そこう》を改めるのに研修会以上の効果があったらしい。

マリーが微笑ましい気持ちでそれを眺めていると、隣にいたミシェルがそっと呟いた。

「みんな、ちょっと嬉しそうだね」

「はい。これからもこの調子で、真面目《まじめ》に活動してくれるといいんですが――」

するとどこかから突然、甲高い女性の悲鳴が聞こえてきた。

「な、何でしょうか⁉」

「大通りの方だ、行ってみよう」

慌てて駆け付けると、大量の人が街の外に向かって逃げ出しているところだった。中には親とはぐれたのか、泣きながら座り込む女の子の姿もある。

マリーはたまらずその子の傍に駆け寄った。

「大丈夫⁉　怪我は⁉」

「ない……でもお兄ちゃんが……」

「……っ！」

大きな瞳いっぱいに涙を滲ませた女の子を、マリーはたまらず抱きしめる。

傍らにいたミシェルは、逃げ出して来た一人の腕を咄嗟《とっさ》に掴んだ。

「すみません、何があったんですか⁉」

「でっかい馬車が暴れてんだよ！　危なくて近づけやしねえ！」

「馬車？」

すると街の中心部にあたる広場に、一台の箱馬車の姿が確認出来た。

その外観を目にしたマリーは「えっ⁉」と驚愕《きょうがく》する。

（あの白いのって……もしかして、リリアが使っていた馬車？）

ミシェルを見ると彼もまた同じ考えに行きついたらしく、すぐに周囲に指示を出した。

「落ち着いてください！　近隣の方はすぐ建物内に避難を！」

ユリウスやヴェルナーをはじめとした他の団員たちも、市民らを安全な場所へと誘導していく。

馬車はなおも混乱したまま、広場の真ん中にある噴水の周りを迷走していた。

よく見ると、馭者席《ぎょしゃせき》に必死な形相の《獅子》騎士の姿。

どうやら腕に手綱《たづな》が絡まり、制御《せいぎょ》不能に陥っているようだ。

「市民の避難を確認次第、馬の動きを止める。早くお前も逃げろ！」

「は、はい！」

ユリウスに命令され、マリーも女の子と一緒に退避しようとした。

だが女の子はぐっとその場に踏みとどまると、広場の方を指さしてぶんぶんと首を振る。

「だめなの、お兄ちゃんが！」

「大丈夫、きっとどこかに逃げてるから――」

「違うの！　お兄ちゃん、まだ噴水のところにいるの‼」

「えっ⁉」

言われるまま、女の子が指さす方に目を向ける。

すると噴水の陰にほんのわずかではあるが、衣服の裾のようなものが見えた。

ちょうど死角になっていて、騎士団の面々は気づいていないようだ。

「お兄ちゃん、わたしを庇って怪我して、動けないの」

「怪我……」

マリーの頭の中が、一瞬で真っ白になる。

(どうしよう……早く助けないと……)

だがミシェルやユリウスといった騎士団員たちは、焦《あせ》る町民たちを逃がすのに忙しく、とても救出に向かえる状態ではない。

一方馬車は、いつ男の子に向かって突進してもおかしくない荒ぶりようだ。

マリーが困惑していると、女の子からぎゅっと袖を掴まれる。

「お姉ちゃん、お願い……助けて……」

「――っ!」

その瞬間、自分でも分からない勇気が、お腹の奥でかっと燃え上がった。

「すみません、この子、お願いします!」

近くにいた女性に女の子を預けると、マリーは広場の方に向き直る。

(大丈夫、男の子をここに連れてくるだけ――)

マリーは自身の両頬をぱんと叩くと、そのまま噴水に向かって走り出した。背後でユリウスの怒鳴り声とミシェルが呼び止める声が聞こえた気がしたが、マリーは足を止めない。

（助けないと――）

幸い馬車は反対方向を向いており、マリーはこっそりとその陰へ飛び込んだ。

そこには先ほどの女の子より年長の男の子がおり、マリーの姿に気づいた途端、びくりと体を震わせる。

「もう大丈夫よ、さあ――」

だが手を差し伸べたマリーは、すぐに息を呑んだ。

男の子の足には大きな裂傷があり、そこから鮮血が滲んでいたからだ。よく見れば額には玉のような汗が浮かんでいる。

（ひどい怪我……。確かにこれじゃ動けないわ）

しかし抱きかかえようにも、あまりの激痛に男の子は悲鳴をあげてしまう。

「ごめん、ごめんね。痛いよね。でも少しだけ頑張って――」

その時、男の子の足に添えていたマリーの手から突然白い光が零《こぼ》れた。

光は男の子の傷口へと流れていき、じんわりとその場にとどまる。

「……なに、これ……？」

男の子もまた、マリーと同様に驚いているようだった。

だがしばらくすると、きょとんとした様子でマリーの方を見上げる。

「痛くない……」

「え⁉」

まさかと思い確認する。

すると先ほどまで痛々しく開いていた傷口が、綺麗に塞《ふさ》がっていた。

残っていた血を拭《ぬぐ》うと、もはやどこにあったのか分からないレベルだ。

（傷が……治った？）

目の錯覚だろうかと、何度も撫でてみる。

しかしやはり傷は完治しており、マリーは逸《はや》る気持ちを抑えながら立ち上がった。

「とにかく、早くここから離れ――」

だがマリーが振り返ったのと同時に、馬の激しい嘶《いなな》きが響く。

こちらの存在に気づいたのか、馬車は歪《いびつ》な動きでぎこちなく進路を変えた。

（まずい……！）

マリーが走り出すよりも早く、四頭の馬はてんでばらばらな足並みのまま、こちらに向かって猛突進してきた。駆者が必死に手綱を引くが、勢いはいっこうに弱まらない。

（このままじゃ――）

マリーは咄嗟に男の子の体を庇うようにして、その場にしゃがみ込んだ。

荒ぶる四頭の馬が眼前に迫り、衝撃《しょうげき》に耐えるようにぎゅっと全身を押し固める。

（――っ！）

その時、誰かがマリーの体を男の子ごと力強く抱き上げた。

全員一塊《ひとかたまり》になり、広場の端にあった商店の軒先へ弾丸のように突っ込む。

どがしゃん！　と木箱の壊れる派手な音が続き、マリーはそっと瞼《まぶた》を持ち上げた。

すると自らの体を盾《たて》にして二人を守ったミシェルが、ばっと上体を起こす。

「大丈夫⁉」

「ミ、ミシェルさ――」

「二人とも、そこを動かないで」

直後、頭上からヴェルナーの声が落ち、マリーは言われるままに顔を伏せた。

彼は巨大な弓をきりきりと引き絞ると、そのままひゅっと矢を放つ。

鏃《やじり》は寸分《すんぶん》の狂いもなく馭者席にいた騎士――その手に絡まった手綱を断ち切った。それに気づいた騎士はちぎれた綱をがしっと掴むと、操作の主導を取り戻そうと必死に手繰り寄せる。

「……っ！」

馬たちは激しく嘶き、乱暴にその首を巡らせた。

狙いが逸《そ》れた――と思ったのもつかの間、今度は反対側にあった酒場へと向きを変える。

「まずい！　あそこにはまだ人が――」

すると突然、広場中央にあった噴水の水が勢いよく噴き出した。

マリーが目をしばたたかせていると、迫りくる馬車の進路上にユリウスが立っており、中空に光り輝く文字を書き記したあと、最後に呪文《じゅもん》のような何かを唱える。

『水よ、ひと時守りの壁となれ――』

彼の命令に従うかのごとく、溢れた水が大きな鳥のようにユリウスの元へと飛来した。

酒場の軒先にびしゃっと着水したかと思うと、接地した部分からばりばりばりっと白く葉脈を走らせるように濁《にご》っていく――どうやら即座に氷結しているようだ。

(な、何あれ……)

やがて一枚の巨大な氷の壁が、ユリウスの前に完成した。

暴走していた馬たちは勢いを止められず、氷の防御壁にぶつかり派手に転倒する。

それを見た《狼》騎士たちが、ようやくとばかりに勢いよく広場へと打って出た。

「おらっ！　大人しくしろ！」

「あーこら暴れんなって。いったいどうしたんだこいつら」

混戦状態のまま、それぞれ四頭の馬を取り押さえ、同時に馭者席にいた騎士を救出する。

あっという間の救出劇に市民らはしばし呆然としていたが――やがて感動と驚きが入り混じった歓声がそこら中から響き渡った。

「す、すげー！　めちゃくちゃかっこよかった！」

「本当に助かった……あんたたち、やるなあ」

「騎士様カッコいいー！」

「ねえ魔術使えんの!?　もっかい見せて！」

「おれ将来、絶対《狼》騎士団に入るー!!」

大人はもとより、間近でその活躍を見た子どもたちは、これまで以上に目をキラキラさせながら騎士たちを取り囲んだ。《狼》騎士団のメンバーたちもまた、王都ではこんなに称賛されることもなかったせいか、まんざらではなさそうだ。

「良かった、みんな無事で……」

どうやら大事には至らなかったと分かり、マリーもその場でほっと胸を撫で下ろす。

それから近くにいたミシェルに、すぐさま礼を述べた。

「ミシェルさん、ありがとうございました」

「全然。それより、よく男の子が残されていたことに気づいたね」

「それはその、あの女の子が教えてくれて……」

すると腕の中にいた男の子が、ひどく取り乱した様子でマリーを見上げた。

「ご、ごめんなさい！　ぼくのせいで……」

「いいのよ。それより怪我はもう大丈夫？」

「う、うん……」

先に立ち上がったミシェルの手を借り、マリーは男の子と共に瓦礫《がれき》の山から起き上がる。

そこに慌ただしい足取りで、身なりの良い男女とさっきの女の子が駆けつけた。

「トーマ!!」

「パパ、ママ、ミュカ!」

どうやらあの兄妹の両親らしい。

彼らはぼろぼろになったマリーとミシェルを前に、何度も頭を下げた。

「ありがとうございます、ありがとうございます! 子どもたちを助けてくださって……」

「いえ、二人とも無事で良かったです」

「《狼》騎士団の皆さまには、本当に感謝しかありません。このお礼は、いつか必ず……!」

涙ながらに感謝され、気恥ずかしくなったマリーはそうっと視線をそらす。

そこで隣にいたミシェルと目が合ってしまい――二人は微笑みで、こっそりと互いの健闘をたたえ合うのだった。


そして夕方。

祭りの後片付けが終わる頃、町長が騎士たちに向かって深々と礼をした。

「この度《たび》は本当になんとお礼を言ったらよいか……。おかげで大きな被害を出さずに済みました」

「こちらこそ。貴重なお仕事の機会をくださって感謝いたします」

「斡旋所の方にも、よくお伝えしておきます。来年のお祭りもぜひ《狼》騎士団の皆さまに警備をお願いしたいものですな」

「あ、ありがとうございます！」

初めて顔を合わせた時とは百八十度違う態度に、マリーは心の中でガッツポーズを取る。

思いがけないトラブルではあったが、これで《狼》騎士団の評価が上がったかもしれない。

（この調子で、少しずつ頑張っていこう……！）


帰りの準備をしている途中、マリーはずっと気になっていたことをミシェルに尋ねた。

「そういえばあの馬車、リリアが使っていたのと同じでしたけど……」

「うん。おれもすぐに確認したんだけど、中は服とかお菓子ばかりで誰も乗ってなかったよ」

「服とお菓子？」

「馭者席の騎士に聞いたら、聖女様の荷物運び用なんだって。聖女様自身は別ルートで先に王都に戻っていたみたい」

「そっか……良かった」

万一中にリリアがいたらと不安になっていたが、どうやらこちらも被害はなかったようだ。

そこでもう一つの疑問が、マリーの頭に浮かび上がる。

「でも結局、あの馬が暴れ出した原因って何だったんでしょう？」

「それがよく分からないんだよね……。取り押さえてしばらくしたら落ち着いたけど、《獅子》騎士団の人も心当たりはないらしくて」

「ふーん……？」

間近で見た馬の狂暴さが甦ってきて、マリーは両腕で体を抱くようにして身震いした。

ふとそこで、自身の手のひらをじっと見つめる。

（そういえば……あの時の光って、結局何だったのかしら？）

怪我をした男の子――トーマを励ました直後、突然白い光が溢れ出した。

騒ぎが落ち着いてから改めて確認させてもらったが、やはり傷痕《きずあと》一つ残っていない。

（白昼夢？　でもトーマくんも見ていたはずだし……）

すると二人の背後から、「んんっ」とわざとらしい咳払《せきばら》いが聞こえてきた。

慌てて振り返ると、眉間に深い縦皺を刻み込んだユリウスが据《す》わった目でこちらを睨んでいる。

「お前ら、揃いも揃って馬鹿みたいに突っ込んでいきやがって……」

「す、すみません！　ですがその、なんとかして助けようと無我夢中で」

「馬車までの距離が結構あったから、そのまま二人を抱えて脇に転がり込めばいけるかなって」

「ああうるさい、黙れ！　いいか、今後俺の指示なく行動することは禁止する！」

「しょ、承知《イエッサー》しました!!」

思わず揃った姿勢で敬礼をする二人を、ユリウスはなおも苛々とねめつけた。

だがすぐにはあーっと長い息を吐き出すと、頑なな表情をほんのわずかに崩す。

「……だがまあ、お前たちが馬の気を引いたおかげで、ヴェルナーの射線が定まり、俺も詠唱《えいしょう》の時間が取れた。目立った怪我人もなかったようだしな」

「ユ、ユリウスさん……」

「勘違いするな。別に褒めてるわけじゃない」

それだけ言い残すと、ユリウスはさっさと団員たちのもとに戻っていった。

残された二人はしばし彼の言葉を脳内で反芻《はんすう》したあと――ちらっと視線を交わしてふふっと笑いあう。やがてユリウスが号令をかけた。

「全員準備はできたか？　《狼》騎士団、任務終了だ」

「おおーっ!!」

こうして騎士団一行は、晴れ晴れと王都へ帰還した。


その日の夕飯は、庭に薪《まき》を組んでのバーベキューだった。

食材の九分九厘《くぶくりん》が肉、といった男子高校生のような品揃えだったが、大仕事を終えた騎士団員たちにはこれでもまだ足りないくらいだったらしく、次から次へと肉が焼かれ、消え、また鉄板に載せ、そしてあっという間に消失していく。

その怒涛《どとう》の勢いに近寄ることすら出来ず、マリーが離れた場所に座り込んでいると、焼いた肉と野菜、ソーセージの載った木皿が眼前にひょいと差し出された。

「ヴェルナーさん！　ありがとうございます」

「いえいえ。まったく、肉食獣の群れは怖いねえ」

マリーの隣に腰を下ろしたヴェルナーは、麦酒《エール》も入って上機嫌な団員たちを眺めながら楽しそうに微笑する。マリーもまた嬉しそうにそれを見つめたあと、さっそくフォークでソーセージを口に運んだ。

少し焦《こ》げたぱりぱりの皮を破くと、中から肉汁がじゅわっと溢れ出て、たまらない旨味《うまみ》とかすかなハーブの香りが口内いっぱいに広がる。たまらずはふはふと口を開けた。

「お、美味《おい》しいです……！」

「それ、こないだマリーちゃんが騙されてた肉屋のだよ。性格は悪いけど、あそこのソーセージは美味《うま》いんだよなあ」

自身もまた酒の入ったグラスを口元に寄せながら、ヴェルナーがのんびりと呟く。

その後わずかな沈黙が続き——マリーは怒られるのを承知で、恐る恐る彼に尋ねた。

「あの……《獅子》騎士団の、クロードさんのことなんですけど……」

「……」

「さ、差し出がましいことを聞いてすみません。ですがその、もしあまり顔を合わせたくないとかであれば、来ても取り次がないとか、そういう協力が出来るかと思いまして……」

芸能界でもまことしやかに囁かれていた『共演ＮＧ』。

リリアをきっかけにクロードと会ったあの時、普段のヴェルナーが持つ飄々《ひょうひょう》とした雰囲気が完全に消え失せ、心の底から彼を嫌悪しているように感じたのだ。

不安と緊張の中言葉を待つマリーに対し、ヴェルナーは静かに睫毛を伏せる。

「別に大したことないよ。実の兄貴ってだけ」

「お、お兄さんなんですか⁉」

「うん。似てないでしょ」

「それはまあ、言われてみると……」

どちらも顔はすごく整っているが、清廉潔白《せいれんけっぱく》を擬人化したようなクロードに対し、ヴェルナーは大人の色香を強く感じさせる——まさに正反対の二人だ。

マリーが困惑していることに気づいたのか、ヴェルナーはくすっと笑みを零すと、冷たいグラスの側面をマリーの頬にひたっと押し当てた。

突然のことに「ひゃあ！」と情けない声が出てしまい、ヴェルナーがさらにくっくと笑いをかみ殺す。

「な、何するんですか⁉」

「ごめんごめん。でも本当に気にしなくていいから」

「ですが——」

すると庭の裏手にいたミシェルが、おーいと手を振りながらマリーの元に走ってきた。

同時にヴェルナーがすっくと立ちあがる。

「！　ヴェルナーさん、あの――」

「マリー！」

引き留めようと腕を伸ばしたものの、なんだかこれ以上聞いてはいけないことのような気もして、マリーはおずおずと手をひっこめる。

やがてヴェルナーはいなくなり、入れ替わるようにマリーの隣に辿り着いたミシェルが、中途半端な場の空気に気づき「あっ」と目を見張った。

「ごめん、なんか話の邪魔しちゃった？」

「い、いえ……それより、もしかして終わったんですか？」

「うん！　言われた通り、三十分くらい蹴《け》ってみたよ」

動物の皮で作られた歪なボール状のそれをミシェルから受け取ると、マリーはさっそく中の金属缶を取り出した。缶の周りには大量の氷があり、表面には小さな結晶がいっぱいくっついている。

ちなみにこの時期の氷はかなり希少なため、ユリウスが生み出した壁を砕いて持ち帰った。

「氷に塩をかけるなんて初めてだよ。中身は脂肪分が多い牛乳に砂糖……だっけ」

「はい。こうすると温度がものすごく下がって――あ、ちゃんと固まっていますね」

蓋《ふた》を開けた缶を二人でそうっと覗き込む。

中には淡い乳白色のアイスクリームが完成しており、気づいた団員たちがなんだなんだと集まってきた。

「アイスって言います。良かったら食べてみてください」

それぞれ口に運んだ団員たちは、初めての味と食感に「おおおっ⁉」と感嘆を漏らした。

「つ、つめてぇー！　それに甘ぇ……これがアイスか……」

「なんでもマリーちゃんの故郷の料理らしいぞ」

「氷菓子なんて王族だけしか食べられないと思ってたなー」

ミシェルもまた感動のあまり、口元を押さえたまま目を輝かせている。

「こんな……こんな美味しいお菓子があるなんて……」

「喜んでもらえてよかったです」

あらかたの団員たちに行き渡ったのを確認したあと、何かに気づいたマリーはきょろきょろと周囲を見回した。

だがやはりその姿はなく、マリーはうーんと首を傾げる。

（もう自分の部屋に戻ってしまった……？）

マリーは缶の底に残った一人分のアイスを確認すると、こっそり厨房へ向かった。


コンコンというノックの音を聞き、ユリウスは椅子から立ち上がった。

庭の喧騒《けんそう》を避け、一人自室で休んでいたところである。

（ようやく終わったか？　まったく、たかが一つ仕事が終わったくらいで大袈裟《おおげさ》な……）

はあとため息を零したあと、扉をゆっくりと開ける。

だが廊下に立っていたのがマリーだと分かると、すぐにいつもの不機嫌顔になった。

「用もないのに近づくなと言ったはずだが？」

「す、すみません！　ですがこれだけお渡ししたくて……」

そう言ってマリーが差し出したのはパンケーキだった。

ただし上には、先ほど出来上がったばかりのアイスが丸く盛られている。

「アイスって言うんですけど、パンケーキにとても合うので、よろしければと……」

「……」

押し黙るユリウスを前にして、皿を持っていたマリーの顔色が次第に悪くなっていく。

それに気づいたユリウスは、はあと嘆息を漏らすと素っ気《そけ》なく言い捨てた。

「そこに置いておけ」

「は、はい！」

マリーは入り口脇にあったテーブルにそれを置くと、逃げるようにしてその場を立ち去った。

ユリウスは額に手を当てて再度息を吐き出すと、マリーが残していった皿をひょいと持ち上げる。

机に運び、しばらく睨み合ったかと思うと――渋々といったふうに口に運んだ。

「……うまいな」

すぐに二口目を口に運ぶ。

耳を澄ますと、窓の外から団員たちの楽しそうな声がかすかに聞こえてきて——ユリウスは一人、やれやれと口角を上げるのだった。

その後も任務達成をねぎらう宴《うたげ》は深夜まで続き——

翌朝、庭中に転がる酒瓶《さかびん》と二日酔いの騎士団員たちの頭上に、過去最大級のユリウスの雷《かみなり》が落ちたのであった。

第四章　新メンバー加入

燦々《さんさん》と太陽光の降り注ぐ夏が終わり、日本で言うところの秋が訪れた。

いつものように厨房で夕食の支度をしていたマリーは、戸棚を見上げながら眉を寄せている。

そこにジローの餌を取りに来たミシェルが顔を覗かせた。

「マリー、どうしたの？」

「ミシェルさん……。もしかしたら、泥棒に入られたかもしれません」

「泥棒⁉」

驚きのあまり餌皿を取り落としそうになるミシェルに、マリーは戸棚の上段を指さす。

「ここに置いていたパンが、いつの間にかなくなっていて」

「団員の誰かが勝手に食べたんじゃないの？　夜食とか言って」

「ここのは朝食用に使いたいから、夜食用は別にテーブルに分けていたんです。ほら、ミシェルさんにも言いましたよね？」

「そういえば……」

厨房には鍵《かぎ》がないため、いつでも誰でも自由に出入りすることが出来る。

最初の頃は、お腹が減るとパンやらハムやらを団員たちが勝手に持っていってしまうので、いざ料理しようと思うと食材がない！　ということが多々あった。

「最近は食事の全体量を増やしたので、間食が減っていたんですが……」

「マリーの料理、美味しいもんね。みんな『食べるとやたら元気出る』って言ってるよ」

「あ、ありがとうございます……」

まさかの褒め言葉に、ぎくしゃくと頭を下げる。

だが、消えたパンの謎が解決したわけではない。

「実は、ちょっと前から気になっていたんです。干し肉とか保存食とかも、あると思ったものがいつの間にかなくなっていたりして……。その都度《つど》みんなに聞いていたんですけど、心当たりはないって言われて」

「ネズミが食べたりとか？」

「一斤まるまる食べますかね……」

「さすがに無理かな……」

空になった戸棚を見つめながら、二人は揃ってうーんと首を傾げる。

すると小気味よい靴音を立てながら、厨房の隣にある食堂にユリウスが姿を現した。

「ミシェル、ここにいたか」

「ユリウス！　どうかした？」

「仕事が来た。すぐに計画を立てる。隊長格を招集しろ」

「了解!!」

(――仕事!)

瞬く間にミシェルはいなくなり、マリーはユリウスと二人きりになる。

(いったいどんな仕事が来たのかしら……)

内容が知りたくてそわそわしていると、釘《くぎ》を刺すようにユリウスから睨まれた。

「何だ」

「いっ!　いえ、その……ど、どんなお仕事が来たのかなーと思いまして……」

「……」

(多分、教えてくれないと思うけど……)

だが意外なことにユリウスはマリーの方をじっと見つめたあと、渋々と口を開いた。

「魔獣討伐任務だ」

「え?」

「場所はハクバクの森。蝙蝠《こうもり》型魔獣が大量発生し、領主から退治してほしいという依頼があった」

(ハクバクの森っていったら……この前の街の近くだったような……)

以前、祭りの警邏任務で訪れた隣町。

そこからほど近い位置にあり、馬を使えばここから二時間ほどで行くことが出来る。

(蝙蝠型の魔獣……っていうのがどういうのかは分からないけど……。昔退治した植物の魔獣とかと似たような感じかしら？）

しかしあのユリウスが素直に内容を明らかにしてくれるなんて……とマリーが不気味がっていると、それに気づいたユリウスがむっと眉間の皺を深くした。

「なんだ。まだ何かあるのか」

「いえその、うちにそんな大きな依頼が来るなんて珍しいなーと」

するとユリウスは苛立ったように、はあーっと深いため息を吐き出した。

「……依頼者はスヴェンダル男爵。以前隣町で、お前が無茶《むちゃ》して助けた子どもの父親だ」

「えっ!?」

「『是非《ぜひ》、《狼》騎士団の皆様にお願いしたい』とのことだった」

まさかの言葉に、マリーは思わず目を見開く。

（あの時の仕事が、新しい依頼に繋がったんだ……！）

騎士団再建への確かな手ごたえを感じ、マリーは思わず両手を握る。

すると気のせいか、それを見ていたユリウスがほんのわずかに微笑んだ気がした。見間違いかと目をしばたたかせていると、気づいたユリウスが「ん、」と変な咳ばらいをする。

やがて隊長格らを連れて、ミシェルが食堂に戻ってきた。

「しばらくここを使う。お前は席を外せ」

「は、はい！」

追い出されるようにマリーは食堂をあとにする。

さすがにまだ作戦会議に入れてもらえるほどではない……としょんぼりしつつ、マリーは一人部屋に戻るのだった。


翌日からさっそく、魔獣討伐任務が始まった。

お祭りの市街警邏以来、久しぶりの大型任務とあって団員たちのテンションも高い。

「じゃーなマリーちゃん！　すぐに片付けてやるからよ！」

「帰ったらいつものメシ、頼むな！」

「はい！　お気をつけて」

意気揚々と片腕を掲げ、重装備で出かけていく団員たちを見送ったマリーは、彼らがいつ帰って来てもいいように、せっせと掃除や洗濯、食事の準備に精を出した。

（きっとお腹減らしてくるだろうし、いつもより多めに準備しないと！）

そうして昼が過ぎ、日が傾き、いつしか空に星が輝く時間になって――ようやく疲弊《ひへい》しきった一団が帰還した。

「皆さんお疲れ様で――だ、大丈夫ですか⁉」

「……」

出かける時は「楽勝だぜ！」とうそぶいていた輩たちが、これでもかとばかりに顔や腕に無数の切り傷を負っていた。

その惨状《さんじょう》にマリーは飛び上がり、慌てて手当てに駆け回る。

「すまねえマリーちゃん、いたた……」

「いったいどうすりゃいいんだ、あんな数」

「あんなに多いなんて聞いてねえって！」

（なんだか……上手くいかなかったみたい？）

幸い軽傷者ばかりだったのですぐに手当ては終了し、皆で遅めの夕食を取ることになった。

食堂でも全員、ああでもないこうでもないと、悔しそうに今日のことを議論しており、あらかたの支度を終えたマリーはそっとミシェルに今日の様子を尋ねる。

「あの、討伐はどうだったんですか？」

「それが……おれたちが思っていた以上に魔獣が繁殖していて、とてもじゃないけど倒しきれなかったんだ……」

どうやら森の奥の洞窟に巨大な巣が出来ていたらしく、そこから空を黒く覆い尽くす勢いで魔獣が湧いて出てきたらしい。報告では二十匹程度ということだったので、それで試算していた計画はあっという間に駄目になり、今日はある程度を倒したところでいったん引き揚げてきたそうだ。

「ユリウスも予想外だったらしくて。いま一人で部屋に籠《こも》って作戦立て直してる」

「なるほど……」

食事が終わり、団員たちは疲れ切った様子で各々《おのおの》の部屋に帰っていく。

だが後片づけを終えたあともユリウスは食堂に姿を現さず、不安になったマリーはおずおずとミシェルに提案した。

「あの、ユリウスさんがまだ食事を取っていなくて……。多分怪我もしていると思うので、食事と薬を運ぶの、手伝ってもらえませんか？」

「もちろん良いよ。おれも気になってたし」

二人はそれぞれ夜食と医療品、傷薬などを持って二階にあるユリウスの部屋へと向かった。

しかし廊下を歩いていたところで、突如がちゃりと扉が開き、中から難しい顔をしたユリウスが出てくる。

「あれ、ユリウスさん――」

ユリウスは驚く二人に気づかないまま、まっすぐ廊下の奥目指して歩いていった。

どうしようと顔を見合わせたマリーたちだったが、そのまま彼のあとを追う。

やがてユリウスは、突き当りにある扉の前に立った。

（あの部屋って前に掃除してた時、物音がした……。まさか、中に人がいたの⁉）

ユリウスはこんこんとノックすると、扉越しに声をかける。

「ルカ。起きているんだろう」

（……ルカ？）

「今回の任務、お前の力がなければ難しいと判断した。いい加減出てきて協力しろ」

真剣に頼み込むユリウスだったが、扉の向こうからは何の応答もない。

その後も何度か説得を繰り返していたが、いっこうに手ごたえはなく——諦めて振り返ったユリウスは、そこでようやく後をつけていた二人の存在に気づいた。

「何だお前たち。ついてきたのか」

「ご、ごめんユリウス、その、食事を持ってきたんだけど……」

ミシェルのその言葉に、ユリウスがマリーの持つトレイをちらりと眺める。

はあーっと呆れたようなため息を漏らすユリウスに、ミシェルが続けて話しかけた。

「やっぱり、今回はルカの力を借りないとだめだよね……」

「ああ。だがこの有様だ」

「あ、あの……ルカさん、っていったい……?」

きょとんとするマリーの様子に、ミシェルが「あっ」と目を見張った。

だがミシェルが説明をするよりも先に、ユリウスが「とりあえず行くぞ」とマリーたちを追い越して階段の方に向かう。一階に下りていく彼を二人が慌てて追いかけると、食堂に入ったところでようやくユリウスがこちらを振り返った。

「ルカは去年、この《狼》騎士団に転籍した団員だ。元々は魔術師団に所属していた」

「魔術師団？」

「そっか、マリーの世界には魔術がないんだったね」

するとミシェルは片手を広げ『炎よ』と念じた。

その瞬間、何もないところから突然ぼっと火の手が上がり、瞬く間に掻き消える。

「火、火が……」

「おれは『初級』だからこの程度だけどね。ユリウスは『上級』だから、もっとすごいことが出来るんだ。ほら、こないだ氷の壁を作って店を守ったのとか」

「そういえば……」

まるでファンタジー映画のＣＧのようだった、あの光景を思い出す。

魔術は扱える要素によって『火・水・風・土』のいずれかに分類され、さらにその熟練度によって『初級』『中級』『上級』というランク付けをされる。ミシェルであれば「火の初級」、ユリウスは「水の上級」と呼ばれるそうだ。

「『中級』までは、ある程度のイメージで使うことが出来る。でも『上級』以上の魔術になると、発動するのに『術式』が必要になるんだ」

「そういえば、あの時も空中に何か書いてましたね」

「そうそう、それ。あの術式がめちゃくちゃ難しくてさー。でも戦術の幅が広がるから、騎士団の人間は基本、魔術の習得を推奨《すいしょう》されてるんだ。もちろん絶対使えないとダメってわけじゃないし、実際使えない人もたくさんいるよ」

「使えない人もいるんですね」

「むしろ使える方が少ないかな。《鷲》騎士団とかほぼいないって聞いたし、逆に《鹿》騎士団は中級以上の習得が絶対条件らしいよ」

突如名前が挙がったライバル騎士団たちを想像し、マリーはなるほどと頷く。

するとミシェルの言葉を継ぐようにユリウスが話を続けた。

「逆に魔術に特化した者を『魔術師』といい、それらを集約したものが『魔術師団』だ。彼らはその数が圧倒的に少ないため、ほとんど表に出てこない」

「少数派エリート、って感じなんですね……」

「ああ。個々の能力は絶大で、彼らは全員『特級』を取得している」

「特級……上級のさらに上、ってことですか？」

「そうだ。条件と相性がかみ合えば、それだけで一中隊程度の攻撃力を有している」

一中隊、がどれほどの規模を表すのかは定かではないが、とにかくすごい人たちの集まりだと理解し、マリーははあーと感心する。

そこでようやく『転籍』という言葉を思い出した。

「どうしてそんなすごい人が、《狼》騎士団に来てくださったんですか？」

「理由は分からん。だが当人たっての希望ということだ」

「おれたちも、当時はめちゃくちゃ喜んだんだけどね……。ただどういうわけか、全然部屋から出てきてくれなくてさ……」

聞けばルカは着任早々、簡単に挨拶を済ませると「しばらく一人にしてほしい」と言い残し、用意されていた自分の部屋へと閉じこもったそうだ。

その後歓迎会を開きたいと呼びかけても、任務があるから来てほしいと伝えても、いっこうに部屋から出てこないらしい。

「最初のうちは頑張って声かけていたんだけど、全然反応がなくて……。そうこうしているうちにユリウスが入院して、みんなもやる気をなくしちゃって……って感じかな」

「そうだったんですか……」

事情を把握《はあく》したマリーは困惑した様子でうつむく。

それを見たユリウスは嘆息を漏らし、ゆっくりと腕を組んだ。

「だがあいつの力は本物だ。今回の仕事を終わらせるためには、どうにかしてあいつを引っ張り出す必要がある」

くそ、と苦々《にがにが》しく悪態をついたユリウスは二人に向かって告げた。

「時間も遅い、お前たちはもう寝ろ。明日も討伐に出るからな」

「は、はいっ！」

「あ、でしたらユリウスさん。すぐに食事を温めるので――」

「いい。これをもらう」

そう言うとユリウスは、マリーがテーブルに置いていたトレイを手に取った。そのままさっさと二階に戻っていく背中を見送っていると、ミシェルがにこっと微笑みかける。

「食べてくれそうで良かった。マリー、おれたちも休もう」

「はい。そうですね……」

厨房の明かりを落とし、二階に上がるミシェルと別れる。

カンテラを手に廊下を歩いていたものの、ふと先ほどのルカのことを思い出した。

（ルカさん……大丈夫かな。それに任務も……）

名状しがたい不安を抱えつつ、マリーはとぼとぼと自室へと戻った。


翌日。団員たちは再びハクバクの森へと繰り出した。

驚くべきことに皆、あれだけ付いていた切り傷がすっかり回復しており、「これもマリーちゃんの料理のおかげだなあ！」「来てくれてからなんか調子がいいんだよ」と豪快に笑っていた。

だがそこにルカらしき人物の姿はない。

やはりユリウスの説得には応じてもらえなかったようだ。

（今日こそ、上手くいくといいけど……）

しかしマリーの願いはかなわず、夜になって昨日以上に疲労困憊《こんぱい》した一団が帰ってきた。

「だめだー！　あいつら、昨日より数が増えてねーか⁉」

「倒してもキリがねえ……どうなってんだ、ユリウス」

「……」

団員たちの不満の声を聞きながら、こちらもそれなりの傷を負ったユリウスが、苛立った様子で腕を組んでいた。マリーはこっそりミシェルに声をかける。

「だめだったんですか？」

「うん……。繁殖のスピードが早すぎるのか、もしくはどこからか仲間を呼んでいるのか分からないけど、全然魔獣の量が減らなくてさ」

「ひえ……」

最初は奮闘していたものの、あまりの防戦一方ぶりにやむなく撤退《てったい》したそうだ。

結果、今日も依頼は達成されず――沈黙していたユリウスがようやく口を開く。

「おそらくあれは、生殖周期が異常に早い型だろう。あの手の魔獣は各個撃破ではなく、ある程度の量を一度に討伐しなければ、すぐに軍団数が復活すると聞いたことがある」

「一度に……ったって、あの量は無理だろ？」

「……『特級』以上の魔術であれば可能だ」

その言葉を聞いて、団員たちがぐっと息を呑んだ。

やがて一人が口火を切る。

「それならもう、ルカの奴を連れ出してくるしかねえじゃねーか」

「無理だろ。あいつやる気ねーし」

「魔術師団に持ち込んだ方が早くね？」

「馬鹿お前、こんな魔獣退治ごときであいつらが動くわけねーだろ」

（あわわわ……）

ルカへの非難から魔術師団への文句まで、溜まった鬱憤《うっぷん》を晴らすかのように、団員たちは口々に騒ぎ始めた。二階のルカに聞こえてしまうのでは、とマリーがハラハラしていると、ユリウスが「黙れ！」と叫びながら近くにあった壁を叩く。

そこだけ拳の形にへこみ、その場は一瞬で静まり返った。

「ルカには俺から話をする。明日も討伐だ。全員さっさと寝ろ」

「うう……」

「まじかよ……」

しかしユリウスの命令に逆らえるはずもなく、団員たちは渋々自分の部屋へと帰って行った。

不安そうに見送るマリーに、ユリウスが目を向ける。

「お前も早く休め。悪いが長丁場《ながちょうば》の依頼になりそうだ」

「は、はい……」

「俺はもう一度ルカの部屋に行く」

そう言うとユリウスは苦虫《にがむし》を噛み潰したような表情のまま、二階へと上がっていった。

最後まで残っていたミシェルが「ごめんね」と眉尻を下げる。

「おれも行ってみるよ。マリーも、もしルカに会えたらそれとなく伝えてほしいな」

「わ、分かりました！」

マリーの返事を聞き、ミシェルもまた階段を上っていく。

消えた二人の背を見つめながら、マリーもまたううむと眉を寄せた。

（ルカさん……どうしたら話が出来るのかしら？）


その後、何度も討伐に向かった騎士団であったが、やはり全滅させることは出来なかった。

むしろ日に日に数を増しているのではという推測もあり、団員たちの疲労は溜まるばかり。

そのうえルカの協力を仰ごうと、ユリウスやミシェル、その他の団員たちが彼の部屋を訪れるものの、彼が応じたことは一度としてなかった。

「じゃあ、行ってくるね……」

「ミシェルさん……お気をつけて」

任務に就いてから今日で一週間。

どんな大変な仕事でも笑顔を絶やすことのなかったミシェルが、珍しくぐったりした様子で出ていくのを見て、マリーもさすがに不安の色が隠せなかった。

（私も、何か力になれるといいんだけど……）

いつものように家事を済ませると、こっそり二階へと上がる。

廊下の突き当りにあるルカの部屋の前に立つと、コンコンと慎重にノックした。

「あの、ルカさん。マリーです。天気もいいですし、ちょっと外に出てみませんか？」

返事はない。

いくら呼びかけても、ずっとこの調子だ。

（少しでいいから、話が出来るといいんだけれど……）

もしや中に誰もいないのではという疑念が生じ、マリーは耳をそばだてる。

だが扉の厚みもあるせいか、歩く音どころか寝息一つ聞き取れなかった。

（まるで天《あま》の岩戸《いわと》ね……扉の前で踊ったら驚いて出て来てくれないかしら）

いよいよ捨て身の案しか思いつかなくなり、マリーはがくりと肩を落とす。

しかしいつまでもここにいても仕方ないと厨房に戻り、今日もまた疲れ果てた様子で帰ってくるであろう団員たちを思って夕食の準備をする——そこで、昨夜まで戸棚に残っていたチーズがなくなっていることに気づいた。

「おかしい……まだ結構あったはずなのに……」

またも泥棒かとマリーは急に不安になる。しかし寮から出る時にはいつも施錠《せじょう》をしていたし、建物のどこかが壊されたような形跡もない。

それになにより——騎士団のお財布には一切手をつけられていないのだ。

（泥棒なら、まずはお金を取っていきそうなものだけど……）

そこでマリーはふと、ルカが引きこもっている二階の方角を振り仰いだ。

（もしかして……。みんなが寝静まってから、ルカさんが食べに下りてるんじゃ……）

思いついた仮説にマリーはしばらく逡巡する。

「それなら……」

マリーは何か名案を思い付いたのか――すぐにかまどの前に向かい、今日の調理を開始するのであった。


その日の深夜。

団員たちのいびきが響く騎士団寮の二階で、突き当りの部屋の扉がきいと開いた。

「……」

姿を覗かせた少年は頭をフードで覆い隠しており、紫がかった黒髪がわずかに見え隠れする。

彼はまるで猫のように足音一つ立てずに移動すると、そのまますると階段を下りていった。

やがて食堂に到着し、テーブルの上の物に気づくと目をぱちぱちとしばたたかせる。

「……なに、コレ」

そこには輪切りされた黒パンとビーフシチューが、きっちり一人分取り分けられていた。

まさかと思い少年が近づくと、『ルカさんへ　良かったら食べてください　マリー』と書かれた小さな手紙が皿の下に挟まっている。

（マリー……新しく入った世話係、だっけ……）

扉の向こうで、何度も名乗っていたからなんとなく覚えてしまった。

顔は見たことがないが、よく廊下の掃除中に歌っている鼻歌や、帰還した団員たちを階下で出迎える声は聞こえていたから、自分と同い年くらいの女の子であることは把握している。

だがまさか、こうして食事を準備してくれるなんて。

（シチュー……。久しぶりだ）

少年は背後から誰も来ないことを確認したあと、静かに椅子を引く。

そのままそっと両手を合わせると、皿の前に置かれたスプーンを手に取るのだった。


一夜明け、朝食の準備をしようと食堂を訪れたマリーはすぐにテーブルに目を向けた。

ルカの夜食として置いていた食器が見当たらない。

気づいた途端、思わず頬が熱くなった。

（なくなっ……てる！）

いそいそと洗い場の方に向かう。そこには綺麗に洗った食器が伏せられており、マリーは思わず両手を握りしめた。

（やった……食べてもらえた！）

マリーは上機嫌で朝食の支度を始める。

するといつもより随分早い時間に、ミシェルが「おはよー」と姿を見せた。

「ミシェルさん、今日は早起きですね」

「うん。これを魔術師団に持って行こうと思って」

「もしかして……例の魔獣ですか？」

これ、という言葉とともに持ち上げられた籠《かご》の中身に、マリーは思わず目を見張った。

ジージー、とセミのような鳴き声を立てるそれは、蝙蝠型という名の通り、確かに両手が翼のような形になっていた。

だがマリーの思い描いていた蝙蝠とはだいぶ異なり、大きさは小型犬のジローと同じくらい。

口には鋭い牙がいくつも生えており、非常に獰猛《どうもう》そうである。

「こ、こんなのを相手にしてたんですね……」

「これは結構大きい方かな。さすがに今までの魔獣と違いすぎるって話になって、ちゃんと調べ直した方が良いだろうってユリウスが」

「なるほど……」

どうやら今日だけミシェルは別行動になるようだ、と気づいたマリーはぱあっと目を輝かせる。

「ミシェルさん、それって結構時間かかりますか？」

「はっきりとは分からないけど、半日もあれば終わると思うよ」

「でしたらその……帰りで良いので、食材の買い出しに付き合っていただけないでしょうか？」

仕事で出かけるミシェルに頼むのは若干気が引けたが、ここ最近かなり食材の消費が激しい。

だがいつもなら交代で荷物運びを手伝ってくれる団員たちが、連日任務に出っぱなしなため、運び入れるのにとても苦労していたのだ。

ミシェルは「もちろん良いよ」と朗らかに快諾《かいだく》する。

「じゃあ朝食が終わったら、玄関に集合で」

「ありがとうございます！」

そうしてばたばたと朝食と団員たちの見送り、片付けなどを終えた後、二人は久しぶりに王宮へとやって来た。召喚された時以来の登城にマリーが畏縮《いしゅく》していると、ミシェルが「こっちこっち」と手招きする。

「魔術師団は普段、王宮の『魔術院』で働いているんだ。もちろん依頼によっては現地に行くこともあるみたいだけど」

「本当にすごい方たちなんですね……」

「うん。それにここでは『魔傷』や『呪い』の治療もしてるしね」

「ましょうや、のろい……？」

「『魔傷』は魔術を使おうとして失敗した時の怪我。ほとんどは自然に治癒《ちゆ》するけど、酷いものになると外から同じ要素の魔力を送ってもらう必要がある。『呪い』は魔獣から噛まれたり、引っかかれたりした時に出来る傷のこと。これも程度によっては、魔術師の治癒を受ける必要があるんだ」

「み、皆さんの怪我は大丈夫なんですか？」

「『呪い』なら一週間くらい治らないのが普通だけど、みんな次の日にはぴんぴんしてるし……。ユリウスも毎日確認していたけど、そこは大丈夫みたい」

「ならいいんですが……」

「驚かせてごめんね。あ、ここだよ」

渡り廊下を歩いていくと、堅牢《けんろう》な白い石造りの建物が姿を見せた。

三階建ての立派なそれは騎士団の寮とは天と地ほども違い、マリーはその眩しさに思わず目をちかちかさせる。どうやらこれが魔術院らしい。

早速ロビーに入ると、ミシェルは受付に魔獣が入った籠を置いた。

「《狼》騎士団のミシェルです。これの分析をお願いします」

「かしこまりました。お呼び出しするまで少々お待ちください」

受付にいた銀髪の美しい女性はにっこり微笑むと、がたがたと籠を揺らす魔獣に怯えることもなく、手慣れた様子でさっさと奥に運んでいった。

あまりに平然としたそのやりとりに、マリーはこっそりミシェルに尋ねる。

「あの、さっきの方も魔術師なんですか？」

「いや？　多分ただの世話係の人じゃないかな。騎士団と同じように、魔術師団にも世話係はいるからね」

「な、なるほど……」

言われてみれば、他の騎士団にもマリーと同じような世話係は存在するはずだ。

だが斡旋所でも街でもそれらしき姿を見たことはなく――マリーは戻ってきた麗《うるわ》しい受付嬢を改めて見つめると、ううむと一人眉を寄せる。

（確かに前世でも「なんでマネージャーやってるの⁉」みたいな綺麗な人はいたけど……。で、でも、それはアイドルたちの人気とは関係ない……。なかった、はず……！）

おとなしく待合室のソファに座る。

同じく座っている人の中には騎士団の服を着ている人のほか、包帯を巻いた市民の姿もあった。おそらく皆治療を待つ患者なのだろう。

やがて一時間が経過し、二時間を越え、三時間に差し掛かろうとする頃、ようやく件《くだん》の受付嬢がミシェルの名前を呼んだ。建物奥に続く廊下を歩いていき、ミシェルは指定された部屋番号の扉をがちゃりと開ける。

「失礼します！」

「おう来たか。そこ座れ」

そこには白衣を着た男性が待ち構えていた。

髪と瞳は目が覚めるようなピンク色。おまけに顔の下半分はマスクのような白い仮面で覆われていた。その奇抜な容貌にマリーは思わずぎょっと目を剥く。

男性は二人に適当に椅子を勧めたあと、中央のテーブルに魔獣の入った籠をどんと置いた。

「これ、どこで捕まえた？」

「ハクバクの森です。多少の個体差はありますが、同様の魔獣が大量に発生していて」

「ほーっ、これがねえ……」

男性は顎に手を添え、どこか楽しそうに籠の中の魔獣にちょっかいをかける。すると怒った魔獣が格子の隙間から男性の指をがぶりと噛んだ。

だが男性は引き抜くでもなく、そのままがじがじと牙を立てさせたままだ。

「（あの……めちゃくちゃ噛まれてるんですが……）」

「（毒はない種類だから、大丈夫だと思うけど……）」

ひそひそと囁く二人をよそに、男性はもう一方の手で何かの書類を確認したあと、がしがしと頭を掻いた。

「ざっと調べてみたが、この魔獣はかなり高濃度の魔力を吸収している。そのせいで従来種よりかなり巨大化・狂暴化しているようだ。ハクバクの森に魔力溜まりはあったか？」

「いえ、特に確認されませんでした」

「だよなあ。いったい何でこんな魔獣化しちまったんだか……」

（魔力？　魔力溜まり？　魔獣化？）

聞き馴染《なじ》みのない単語がすぐ傍で交わされ、マリーは疑問に思いながらも邪魔をしてはならないと口をつぐむ。

するとそんなマリーに気づいたのか、ミシェルが「ごめんごめん」と補足した。

「魔力っていうのは『魔術を使うために必要な力』のこと。この量が多いほど、この前言った魔術のランクが上がりやすいんだ。たくさん展開出来たり、複雑な術を使えたりするからね。で、魔力は人が生み出すもののほかに、自然界にも当たり前のように存在している。その濃度が特に高いところを魔力溜まりっていうんだ」

「なんだ、お前何も知らないのか。その魔力溜まりで動物や植物が生育すると、魔力の影響を受けて特殊な成長を遂げる。これを魔獣化という」

どうやら最初から『魔獣』というものが存在するわけではなく、魔力の干渉を受けて普通の動植物が変貌したものをそう呼ぶらしい。男性の指をなおも噛み続けているそれも、元々はマリーがよく知るただの蝙蝠だったのだろう。

その後男性は、ハクバクの森の地理や魔獣たちの巣の様子などを、こと細かにミシェルに尋ねていた。ミシェルがそれらに答えたあと、再びふーむと顎に手を添える。

「その繁殖速度は生命体として異常だな。もはや分裂に近い形だろう」

「蝙蝠がですか？」

「まあもう魔獣だからな。以前と同じ生態としてとらえる方がナンセンスだ。おそらく雌雄交配ではなく単為生殖《たんい》で、各々と酷似した存在を生み出している。つまり一匹でも残っていれば、そこからねずみ算式に元の群体に戻るということだ」

「じゃあ今までいくら倒しても減らなかったのは、取り逃していた奴がいたから？」

「ああ。こいつらを一カ所に集めて、まとめて全滅させるしかない」

そう言うと男性は、ようやく籠から指を抜いた。

だがその指には、出血はおろか傷一つついていない。

「悪いが、今言えるのはここまでだ。正確な情報を出すにはもう少し時間が欲しい。影響を受けた魔力の分析が出来れば、そこから弱点を見つけ出せるかもしれんしな」

「すみません、よろしくお願いします」

結局「一網打尽《いちもうだじん》にする」という以外の攻略法は分からず、マリーとミシェルは深く頭を下げた後ロビーに戻ろうとした。

すると男性は突如立ち上がり、マリーの手首をいきなりがしっと掴む。

突然のことにマリーはきょとんと目をしばたたかせた。

「あ、あの?」

「……気のせいか。なんか、珍しい魔力だった気がしたんだが」

男性はそれだけぼそっと呟くと、すぐに背を向けて椅子に座り込んでしまった。隣にいたミシェルも驚いており、二人は疑問符を浮かべながらようやく部屋をあとにする。

「さっきの、何だったんでしょう?」

「さあ……」

とりあえず予定していた分析が終わり、二人はユリウスへの報告や今日の夕飯のメニューなどを話しながらロビーに戻る長い廊下を歩いていく。

「そういえば昨日ルカさん、食堂に下りてきたみたいです」

「え!?」

「あ、でも夜中なので、会えてはないんですけど。少し前、食材がなくなる話をしましたよね? あれもしかしたら、ルカさんが食べに来ていたのかなって思って、夕食を取り分けておいたんです。そしたら――」

空になっていた食器のことを話すと、ミシェルがどこかほっとしたように微笑んだ。

「そっか……。でも良かった。ずっと出てこないから、てっきり部屋で缶詰とか食べてると思ったよ」

「私も、もっと早くに気づいて準備すれば良かったなと」

「だよね……。ルカは本当に自分のこと、何も話さないから――」

するとちょうどすれ違った魔術師らしき若い青年が、慌てて二人の方を振り返った。

「すみません！　今、ルカの話をしていましたか？」

「え⁉　は、はい……」

「だとしたら《狼》騎士団の方ですよね？　その、ルカは元気でやっているでしょうか⁉」

「えっ、と……」

応対したミシェルは一瞬言葉に詰まり、ちらっとマリーの方を見る。

隣にいたマリーも返事に困っていると、青年は「ああっ！」と恐縮《きょうしゅく》した表情を浮かべた。

「す、すみません。突然こんなことを聞いて」

「い、いえ。……もしかしてルカさんのお知り合いの方ですか？」

「レインと言います。ルカとは魔術師団の同期でして」

レインと名乗った青年はルカと親しかったらしく、魔術師団の中でも飛びぬけた才能を持った彼のことをとても尊敬していたと続ける。

「でも突然うちを辞めたかと思うと、騎士団に転籍してしまって……」

「転籍した理由は話されなかったんですか？」

「急な話だったので、直接聞けた人はいないと思います。でも多分……魔術が使えなくなったからじゃないかと」

その言葉に、マリーとミシェルは揃って目を真ん丸にした。

「魔術が使えなくなった⁉　ルカさんがですか？」

「はい。……言われてませんでした？」

「あ、ええと、あはは……」

誤魔化《ごまか》すように苦笑するミシェルの前で、レインがぎゅっと手を握りしめる。

「……ルカは本当に天才でした。その上努力家で、誰よりも魔術のことに詳しかった。でもある大型魔獣の討伐任務で――同じ魔術師団の人間を、傷つけてしまったんです」

魔術の暴発事故。

もちろん故意ではなかった。出来る限り周囲に被害を出さないよう、ルカなりに考えての行動だったと、みんなが理解していたという。

だがルカはその日以降、一切魔術を発動出来なくなっていた。

「魔術は精神的な集中が必須なので、調子が悪いことは誰にだってあります。ぼくたちも、きっとまた使えるようになるからと、気を落とさないよう伝えていたんです。でもなかなか元通りにならなくて……。気づいたら、たった一人で騎士団に……」

エリートである魔術師団から、落ちこぼれの騎士団に転籍した理由。

それを図らずも知ってしまった二人はどう答えればいいのか分からず困惑する。

するとそれに気づいたレインが慌てて「すみません」と頭を下げた。

「突然こんな話をして申し訳ありません。ただその、もし彼がまだ事故のことを後悔しているようなら、魔術師団の人間は誰も気にしていないって、……それだけ伝えてほしくて」

「……分かりました。ちゃんと伝えておきますね」

ありがとうございます！　とレインは頬を上気させると嬉しそうに微笑んだ。

「勇気を出して聞いてみて良かった……！　やっぱり、かつてあの『黒騎士』様がおられた《狼》騎士団ですね。二人ともお優しい方で良かったです」

（『黒騎士』……？）

そう言うとレインはぺこっとお辞儀をして、廊下をたったと走って行った。

残された二人は、今になって顔色を悪くする。

「まさかルカさんが、魔術を使えなくなっていたなんて……」

「おれも驚いたよ。でも確かにそれなら、魔術師団から騎士団に来たのもちょっと納得かな」

「そう、ですよね……」

境遇を知ってしまった今、ルカを無理やり部屋から出すのはさすがに躊躇《ためら》われる。

だが彼の魔術は、今回の状況を打破する切り札となるはずだった。それが難しいとなれば——また別の方法を考えなければならない。

「いっそ、魔術師団の方にお願いして力を貸していただくとか」

「魔術師団は王命でしか動かないから、一度議会を通してもらう必要があるね。でも今の状態では緊急性は低いとみなされて、後回しにされる案件だと思う」

「でもルカさんにお願いするのは……」

「……一応、ユリウスには事情を話してみるよ。でも他の団員たちには……。ルカ自身も、そんなに広まってほしい内容じゃないだろうし」

「そうですね。しかしこれでいよいよ、魔獣を倒す方法が……」

そこでマリーはふと、先ほどレインが発した『黒騎士』という単語を思い出した。

「あの、『黒騎士』さん……にお願いは出来ないのでしょうか？」

「え？」

「さっきレインさんも言ってましたけど、多分《狼》騎士団にいたすごい方なんですよね？　今は退職されているのかもしれませんが、今回だけ力をお借りするとか……」

だがマリーの提案に、ミシェルはさっと顔を曇らせた。

普段の彼からは想像もつかない反応に驚いていると、ミシェルが「ええと」と言いづらそうに頬を掻く。

「それは……ちょっと難しいかな」

「す、すみません！　やっぱり、そう簡単なものではないですよね」

「いやそうじゃなくて……。『黒騎士』はもう亡くなっているんだ。十三年前に」

「えっ……」

その返答にマリーは自らの浅慮《せんりょ》を恥じた。

たまらず口を閉ざしていると、ミシェルがすぐにいつもの明るい口調で目を細める。

「ごめんね、こんな話して」

「い、いえ！　私の方こそ何も知らずに失礼なことを」

「大丈夫だよ。隠しておくことでもないしね。でもそうだな……確かに『黒騎士』がいたら、こんな任務、あっという間に解決しちゃうんだろうな……」

二人は沈黙したまま魔術院を後にし、そのまま買い出しへと赴いた。

大量の食材を抱えて寮に戻ると、タイミングよく帰還してきた団員たちと鉢合《はちあ》わせする。ミシェルは食材を厨房に運んだのち、すぐにユリウスを呼び止めた。

「ユリウス。今日の分析結果と、あとちょっと話が」

「ああ、部屋で聞こう」

（いったい、どうなるんだろう……）

そんな二人の背をこっそりと見つめたあと、マリーは急いで夕食の準備に取り掛かった。


その翌日。

マリーは綺麗に洗われた食器を手に、ほっと胸を撫で下ろした。

昨日と同様、食事と手紙を残しておいたのだ。

(ルカさん、今日も食べてくれたみたい……)

本当は、何か自分に出来ることはないか、ルカに手紙で直接尋ねてみたかった。だが結局勇気が出ず、当たり障《さわ》りのないことしか書けなかった。

(だって「大丈夫ですよ!」って言うのは簡単だけど……。そもそも面識すらない私が言ったところで、何の説得力もないし……)

そこでマリーは改めて思い至った。

(そうだ私……何も知らないんだ)

ルカのことは周りから話を聞いただけで、その見た目も性格も知らない。

そのうえ、彼が使用していたという『魔術』にもとんと知識がなかった。

「まずは私が、ルカさんについて知らないと……」

しかし部屋に引きこもっているルカを引っ張り出すのは、現時点ではまず不可能だ。かと言って、周囲の人間にあれこれと詮索《せんさく》して回るのもどうだろう。

(それなら……まずはルカさんが大切にしているものを知る……?)

「――よし!」

マリーはさっそく家事と夕飯の下準備を終えると、斡旋所のある広場へと向かった。

建物の前に掲げられた『図書館』という看板を見上げ、ぐっと拳を握る。

（ここでなら、きっと『魔術』について分かるはず！）

館内に足を踏み入れると、そこには大量の本棚が奥までずらりと並んでいた。

直射日光を避けるためか窓にはすべて鎧戸《よろいど》がつけられており、薄暗い室内には紙とインクの独特の香りが充満している。貴重な書物なのか、いくつかの本には盗難防止用の鎖が付いているものもあった。

（うわあ……なんかすごい……）

思わずきょろきょろと見回したくなる気持ちを抑え、マリーは背表紙に書かれたタイトルから、それらしき本を探す。

しかし――

（何を書いているのかまったく分からない……）

記述されている文字が理解出来ないわけではない。

だが研究論文さながらの専門用語と、随所にみられる独特な言い回しのせいで、いっこうに内容が頭に入ってこないのだ。さっきから『魔』という文字がゲシュタルト崩壊を起こしている。

「も、もう少し、簡単なものを……」

しかし隣の本を見ても、上段の本を手に取っても、やはり書かれていることが難解すぎてさっぱり意味が分からない。ルカはこんな難しいものを理解していたというのか。

（うう、だめだ……）

仕方なくマリーはカウンターに行き、眼鏡姿の司書を呼び止めた。

「あの、すみません。魔術についての本を探しているんですが……」

「はい。どの程度のレベルかご指定がありますか？　初級、中級……特級クラスになると、さすがに魔術院の蔵書庫に行かないと……」

「い、いいえ、出来ればその……。魔術の魔の字が分からない人間でも読めるくらいの……」

もはや恥も外聞もない。

だが司書は特段馬鹿にする様子もなく「それではこちらはどうでしょう」とどこかの区画から一冊の本を持ってきてくれた。

「お子様を魔術師団に入れたい親御さん必見！　誰でも分かる『はじめての魔術のほん』です！」

「ありがとうございます!!」

なんて遠慮《えんりょ》のない、いや有能な司書だろう。

写本なのでお貸しできますよという司書の言葉に感謝しつつ、マリーは可愛らしい絵の描かれた『はじめての魔術のほん』を手に入れたのだった。


寮に戻ったマリーは、さっそくその本を読み始めた。

（魔力は、魔術を使うための大切な力のことです――よし、これなら何とか分かりそう）

見たこともないはずの文字の羅列《られつ》が、脳内で勝手に翻訳されていく。

この世界に来た当初も驚いたが、この『自動翻訳機能』は本当にありがたい。

（魔術には四大要素のほか、それらに属さない『白』という要素があり――）

すると外からがちゃがちゃと賑やかな靴音がし、マリーは慌てて本を閉じて立ち上がった。

玄関先に向かい、今日もくたくたになっている団員たちを出迎える。そのまま食堂で夕飯の準備をしていると団員の一人がユリウスに訴えた。

「リーダー、さすがにこのままじゃ埒が明かなくねーか？」

「やっぱり何とかしてルカを引っ張り出すしか――」

「《鹿》に支援してもらうのはどうだ？　あいつらだったら魔術の一つや二つ……」

だが口々に上がる不満や提案を、ユリウスはばっさりと断ち切った。

「……ルカのことは少し時間がほしい。《鹿》騎士団は現在別の長期任務を遂行しているため、人員を派遣する余裕がないそうだ」

「じゃあ俺たちはまだしばらくこのまま、いたちごっこの繰り返しってことか？」

「明日から大規模な罠《わな》を仕掛ける。それで無理ならまた他の手立てを考えるしかない」

うえぇ……と落胆《らくたん》と悲哀の混じった声が食堂に響く。

マリーもまた困惑した表情で団員たちの様子を眺めていたが、やがてミシェルが「手伝うよ」と厨房に入ってきた。

「今日もダメだったんですね」

「うん……。ユリウスの魔術でもさすがに全部は捕まえられなくて……。でも少しでも数を減らしておかないと、近隣の村の農作物や家畜に被害を与えることがあるから」

そこで戸棚の隅に隠されていた本に、ミシェルがふと気づいた。

「あれ、魔術の勉強？」

「え？　あっ、はい！　少し知っておいた方がいいかと思いまして」

洗い物の手を止め、ミシェルが『はじめての魔術のほん』を手に取りぱらりとめくる。

「へー分かりやすい。おれもこんなの欲しかったなあ」

「ミシェルさんはどうやって勉強したんですか？」

「おれの場合は独学で何となく、かなあ……。こういう火を出したいってイメージして、それを手のひらに呼び寄せるというか……」

空いている方の手をにぎにぎと開閉したあと、ミシェルが顔を上げる。

「ていうか、言ってくれたらおれが教えたのに」

「とんでもない！　ミシェルさんは任務で疲れているんですから」

大丈夫です！　と拳を握るマリーを見て、ミシェルは苦笑した。

「そっか。でも無理しないで。マリーだっていっぱい働いてくれてるんだからね」

「……はい。ありがとうございます」

ミシェルの優しい言葉に励まされ、マリーは勉強への意欲をいっそう高めるのであった。

翌日。マリーは食堂で『はじめての魔術のほん』を前に険しい表情を浮かべていた。

騎士団のみんなはルカを除き、討伐任務に出立している。

「……」

想像上の水をすくうように両手を揃え、胸元で必死に念じる。

本に書いてあった『はじまりの儀式』という作業だ。

（魔力があれば、これでどの要素か分かるらしいけど……）

全身を巡る魔力の流れを意識し、手の中にそれらが溜まっていく様子を一心に念じる。

もしもマリーに魔力が備わっていれば、これで火や水といった傾向がわずかにでも現れるはずなのだが――

「…………」

額にじんわりと汗が浮かんできたが、それらしき兆候は見られない。

だがマリーは諦めることなく集中を続ける。

（頑張れ……私……！）

するとその瞬間、ぽわっと白い光が手の中に生まれた。

しかしすぐに消え去り、マリーは「えっ」と言いながら手のひらを見つめる。

（今何か光った？　でもすぐ消えちゃったし……）

もう一度すれば何か分かるかもしれない、とマリーは再度儀式に挑む。

だがそれ以降はどれだけ奮闘しても何も起きず、マリーはがくりと肩を落とした。

「あの時は、いったいどうやったんだっけ……」

隣町で起きた暴走馬車事件で、マリーはトーマという男の子の怪我を治療した。

あの時は「慌てていて見間違えたのかも？」と思っていたが、やはり気のせいではない。

（もしもあれが『魔術』だったら……私も何かの役に立てるかと思ったんだけど）

『はじめての魔術のほん』によると、四大要素当てはまらないするイレギュラーな魔力を『白』と分類し、そこから編み出される魔術の多くは治癒や回復にあたる効果を持つそうだ。

ただそもそも『白』の魔力を持つ人間が極端に少ないらしく、本にもその詳細は書かれていない。

（あれから指を火傷《やけど》した時とか、みんなの手当てをする時とかに、こっそり試してみたんだけど……。結局何も起きなかったし……）

思考に行き詰まったマリーは、ため息を零しながら本を閉じる。

「読み終えたし、そろそろ本を返しに行かないと」

そうしてマリーは昨日と同じ図書館へと訪れた。

カウンターにはまたも眼鏡の司書がおり、マリーが本を返すと驚きながら受け取る。

「早かったですね。いかがでしたか？」

「とても分かりやすくて良かったです。それであの――」

マリーが続きを言うよりも早く、司書がどん、と一冊の本を取り出した。

「きっと続きが知りたくなると思って、ご用意しておきました。こちら『初級魔術理論』です！」

「あ、ありがとうございます……」

本当になんて有能な司書だろう。

尋ねようとしたことを先に提示され、マリーは感動しつつぱらぱらとその本をめくる。

すると司書は眼鏡の位置を指で正しながら、嬉しそうに尋ねた。

「もしや魔術師団の入団試験を受けられるのですか？」

「え？」

「いえ、魔術を理論から学ぼうとされているので、てっきり魔術師志望なのかと」

「そ、そんな大層なことじゃないです！　ただその、知り合いに魔術師の方がいて……」

「ほう？」

「でもその人、今ちょっと本調子じゃなくて……。どうにかして励ましたかったんですが、魔術のことを何も知らない私が言っても、的外れなことを言ってしまいそうで」

「なるほど……。そのために、一から魔術について学ぼうというのですね」

司書は満足げにうんうんと頷いたあと、ぴんと人差し指を立てた。

「それでしたら、わたしもお手伝いいたしましょう」

「え？」

「魔術師団に同期の知り合いがいます。その方に詳しい話を聞いてみるのはいかがでしょうか」

まさかの申し出に、マリーは「いいんですか⁉」と目を輝かせる。

「もちろんです。ただ、本での勉強もぜひ続けていただけると」

「は、はい！　それであの、知り合いの方というのは……」

「ジェレミーと言います。なかなか忙しい男なので、今手紙を書きますね」

こうしてマリーは司書からの紹介状と『初級魔術理論』の本を手に、先日ミシェルと訪れた魔術院へと向かった。受付には相変わらず美しい世話係の女性がおり、マリーが提出した紹介状を見てにっこりと微笑む。

「ジェレミーはただいま、他のお客様と面談中です。少々お待ちいただけますでしょうか？」

「は、はい……」

言われるままソファに座り、ただひたすらに待ち続ける。

その間『初級魔術理論』を開いて読んでいると、しばらくしてようやく名前を呼ばれた。

向かったのは以前と同じ番号の部屋。

中にはこちらも同じく、ピンク髪の魔術師が鎮座《ちんざ》していた。

「ん？　お前《狼》の奴だな。ルートヴィヒの知り合いだったのか」

「ルートヴィヒ……？」

「図書館にいるだろ？　で、何の用だ」

「ええと、あくまでも私ではなく、私の知り合いの話なんですが……。今まですごい魔術を使えていたのに、ある時からぱたっと魔術が使えなくなった方がおりまして……」

「その切り出し方で、マジで自分のことじゃないって逆にレアだな。つーかルカのことだろ？」

「うっ⁉」

速攻でバレた、とマリーは言葉を詰まらせた。

だがジェレミーは特段気にする素振《そぶ》りも見せず、手元にあった水晶のような透明な石を手慰《てなぐさ》みに転がしている。

「おれたちも随分調べたが、身体的な異常はどこにも見られなかった。つまり百パーあいつのメンタルの問題だよ」

「そ、それはそうかもしれませんが、何か方法がないかと……」

「周りがどうぎゃあぎゃあ騒ごうと、自分の気持ちにケリをつけられるのは自分だけだ。ルカ自身が『魔術を使いたい』と思わない限りは、一生このままだろうよ」

「そんな……」

「ルカに言っとけ。戻すなら早めに戻さねーと、本当に魔術が使えなくなるぞって」

その発言に、マリーは目をしばたたかせる。

「つ、使えなくなるんですか⁉」

「無論、すぐにではないがな。だが魔力も体力と一緒で、使わなければがんがん衰《おとろ》える。魔術師団にいた頃のあいつはそれこそ膨大な魔力持ちだったが……。いざという時に魔力切れじゃ、話にならんぞ」

(これは……かなりまずい状況なのでは……?)

青ざめるマリーに対し、ジェレミーは「そういや」と突如話題を切り替えた。

「こないだの蝙蝠、まだ狩ってんのか」

「は、はい……。数が多すぎて、減らすのが精いっぱいだって……」

「持久戦だな。どうでもいいが『呪い』には気をつけろよ」

「呪い、ですか?」

「ああ。あいつらの牙や爪《つめ》には毒性の高い魔力が溜まっていた。小さな傷でもなかなか完治しないだろうから、やばいと思ったらとっとと治療に来い」

「は、はあ……」

ジェレミーの言葉を聞きながら、マリーは心の中だけで首を傾げる。

(前にミシェルが、特に『呪い』の被害はないって言っていた気がするけど……)

帰ってもう一度聞いてみようとマリーが記憶していると、ジェレミーがさらに続けた。

「あと前から気になってたんだが……やっぱりお前、『白』の魔力持ちだよな?」

「ど、どうしてですか?」

「んー……なんか匂うから」

（えー……）

体はちゃんと拭いているし、着替えも毎日しているのに……と落ち込みながら、マリーはこっそり鼻をすんすんと鳴らす。

だがジェレミーはそれに気づかぬまま、脇にあった『初級魔術理論』を指さした。

「だから魔術師目指してるんじゃねーの？」

「こ、これは、何かルカさんのことを助けるヒントにならないかな、と思っただけで……。だいたい『はじまりの儀式』を試した時も、特に反応がなかったですし。あ、ただ――」

「ただ？」

そこでマリーは以前、男の子の傷を治したことを説明した。

ジェレミーは怪我の度合いや治療にかかった時間などを事細かに確認したあと、あっけらかんと言い切った。

「お前それ魔術だろ。どう考えても」

「そうなんですかね？　でも自分にしてみても上手くいかなくて」

すると突然ジェレミーは、持っていた石の角で自身の指を素早く掻き切った。

赤黒い血がぶしゃっと噴き出し、マリーは思わず「ぎゃー！」と椅子から飛び上がる。

「な、何してるんですか⁉」

「いや、試してみた方が早いなと」

「えええ……」

（この人……前も魔獣に指噛まれてたけど……痛覚大丈夫なのかしら……）

ほら、と血の滴《したた》る手を差し出され、マリーはおっかなびっくりその手を取る。

早く血を止めないと、と傷口に集中するが、やはりうんともすんとも言わない。

「す、すす、すみません、あの、どうしたら」

「……『治癒』じゃないのか。じゃあいったい──」

マリーの魔術が発動しないと分かると、ジェレミーは何やらぶつぶつ言いながら指先でマスクをずらし、血が出ている箇所を舌で舐めた。その瞬間溢れていた血がぴたりと止まり、まるで何ごともなかったかのように傷口は元通りになる。

「あの、今……」

「これが本来の『治癒』だ。でもお前からはその片鱗《へんりん》をまったく感じなかった。以前の話を信じるなら、回復の効果を持つが『治癒』ではない何か──と考えるのがしっくりくる」

「回復するけど、治癒ではない……？」

「近いのはエンチャント、バフ……要は『強化』か。だがこれらは一時的にダメージを抑制したり、特定の魔術効果を軽減したりする働きはあるが、人体に直接作用するものとなると……」

ぶつぶつと自分の世界に没頭してしまったジェレミーを前に、マリーはあらためてまじまじと自身の両手を眺めるのだった。

夕方、寮に戻ってきたマリーはいつものように団員たちに夕食を準備し、その片付けが終わる頃を見計らってミシェルに話しかけた。

日中ジェレミーから聞いたことを説明すると、ミシェルもまた心配そうに顔を曇らせる。

「そうなんだ……。それならなおのこと、ルカの意思を確認しないといけないね」

「それから、ジェレミーさんが『呪い』についても気をつけるようにと」

「呪い？　それらしき被害は特にないみたいだけど……。でも注意しておくね。教えてくれてありがとう。あとでユリウスにも話しておくよ」

お願いしますと食堂から送り出したあと、マリーはぎゅっと胸元を握りしめた。

（魔術……。結局ルカさん自身は、どう思っているのかしら……）

物事は、始めることよりも続けていくことの方が難しい。

事実、前世でマネージャーをしていた時も、長い芸能生活の中で体や心を壊し、前線を退《しりぞ》いた人はたくさんいた。ただそのあと業界に戻って来られるかは——正直五分五分だ。

（個人的には、ずっと苦しみ続けるくらいなら仕事を辞めた方がいいと思っていた……。けれど、そんな単純な話でもないのよね……）

仕事で傷ついたはずの心が、仕事によって快癒する。

そんな現象をマリーはこれまで何度も目にしてきた。

（好きだからこそ苦しい。でも諦めるのは、もっと苦しい――）

結局彼らはその仕事が好きなのだ。

好きだからこそ傷つくし、それによって生きる力も得られる――いわば諸刃《もろは》の剣《つるぎ》。

辞めることが出来れば、代替えすることが出来れば、どれだけ幸せだろう。

ルカは今その狭間《はざま》で、もがき苦しんでいるのではないだろうか。

（いずれにせよ、後悔しない方を選んでほしい……）

彼の分の食事を取り分けたあと、マリーはいつものように手紙を残そうとする。

だが少しだけ手を止め、普段より長めに鉛筆を動かした。

その日の深夜。

誰もいない食堂にルカが姿を見せた。

（今日はミートボール……。やった、好きなんだよね）

フード下の目を細め、ルカはトレイに置かれていた手紙に目を落とす。

普段なら『ルカさんへ』とだけ書かれているのに、今日はいつもより長い文章が綴《つづ》られていた。

『ルカさん　魔術のこと　聞きました。一度お話ししませんか？』

「……」

ルカはしばしその手紙を眺めたのち、くしゃと丸めて近くにあったゴミ箱へと投げた。


「――っ、ダメだったかあ……」

折れ曲がっていた手紙をゴミ箱の底から拾い上げながら、マリーは大きな嘆息を漏らした。

念のため広げてみたが、やはり返事などは書かれていない。

(なんとか話がしたくて、ちょっと勇気を出してみたんだけど……)

ルカが今後一切魔術を使う気がない、というのであればそれはそれで仕方がない。

だがもしも――彼がまだ魔術を使いたいと、ほんの少しでも願っているのであれば。

(応援したい、と思っちゃうのよね……)

幸い食事は綺麗に完食されていたので、完全に嫌われたというわけではなさそうだ。

マリーはよしと気合を入れ直すと、今日もまた討伐任務に赴く団員たちのために、朝食とお弁当の準備を始めるのであった。

数日後。いつもの丑三《うしみ》つ時《どき》。

食堂に下りてきたルカは、マリーからの手紙をそっと脇に避《よ》けた。

(……いい加減、嫌にならないのかな)

今日のメニューは、ひき肉に玉ねぎと香辛料を混ぜて焼いた『リュヌ・ソール』。

フォークで口に運びつつ、ルカはこれまでの文面を思い出す。

(『少しずつ練習しませんか？　私も付き合います！』『せめて一度、お部屋から出てくるだけでも』『夕食のリクエストはありませんか？』……途中から、もう魔術関係なくなってんだけど)

付き合いますと言われても、魔術のことを何も知らないド素人《しろうと》とどうしろというのか。

部屋から出て行ったところで、団員たちから責められるのがオチだろう。

夕食は、出来れば辛《から》い『トット・ラ・ジュルネ』が食べたいけど——

(今の僕に、そんなことを言う資格なんて……)

思わず食事の手が止まる。

隠れて食材を盗み食いしていた時とは違う。

彼女《マリー》が作ってくれたご飯を食べると、不思議と体内の魔力が活気づいた。

それなのに——ここ最近は、なんだか胸が痛い。

（本当に……諦めてくれないかな……）

美味しい料理のはずなのに、食べれば食べるだけ——

ルカはその味も、温かさも、感じられなくなっていくようだった。

○　○　○

こうしてマリーの一方通行な文通が交わされる間も、団員たちは魔獣討伐に精を出していた。

だがやはり成果は芳《かんば》しくなく——期待されていた範囲型の罠も失敗。団員たちにも焦燥と疲労の色が濃く出始め、こっそり仕事をさぼろうとしたヴェルナーを、ユリウスが魔術で捕獲するといった光景まで見られた。

そうしていよいよ三週間目に差し掛かろうという頃、ユリウスが口火を切る。

「現在の討伐任務だが……魔術師団への協力要請を出すことにした」

「おお、ついにか!!」

「やったー！」

「浮かれるな、まだ確定したわけじゃない。魔術師団への依頼は一度議会を通す。もしそれで『緊急性が低い』と判断されれば、派遣が後回しになる可能性は高い」

「しかしよう、あれはもう俺たちだけじゃどうしようも……」

「念のため、魔術に長《た》けた《鹿》騎士団にも話はした。ただし評定には影響するだろう」

疑問に思ったマリーは、こっそり隣にいたミシェルに尋ねた。

「他の騎士団に頼むと評定が下がるんですか？」

「うん。本来なら依頼は、自分たちの団だけで処理するものだからね。もちろん難易度によっては『共同依頼』扱いになることもあるけど、今回の場合はちょっと微妙かなあ……」

「もしかして、このまま評定が下がると……」

「『王の剣』からは、さらにまた一歩遠のくことになるね……」

（ううう……）

だがマリーは、団員たちが毎日傷だらけになって帰って来る姿を知っている。

それを考えると、他からの手を借りることに否定は出来ない。

（ルカさんの力を借りれれば、いちばん良いんだろうけど……）

しかしユリウスやミシェルが毎晩のように訪ねても梨の礫。

何より部屋から引っ張り出したところで、魔術が使えるかは――

（結局、これが最善の方法なんだろうな……）

ともあれなんとか今後の見通しも立ったと判断したのか、団員たちはくたびれた様子で各々の部屋へと帰っていった。マリーはなんだか煮え切らない思いを抱えながらも、片付けを終えると、食堂のテーブルに本とノートを広げる。

もはや習慣になりつつある、『魔術』の勉強時間だ。

今手元にある本は『魔術の成り立ち』。『初級魔術理論』を返しに行った時、司書のルートヴィヒが嬉々《きき》として準備してくれたものだ。

（ここまでやってみて分かったけど……魔術って本当に難しいんだわ。大きな術になればなるだけ、術の性質と構造を理解して、きちんと正しい効果が発揮されるよう調整しないといけない。そのためにはたゆまぬ努力と訓練が必要で――）

決められた呪文を唱えれば技が出る――初めは、そんな単純なものだと思っていた。

もちろん簡単な魔術であれば、ミシェルの言う通り感覚で「体得」することも可能だろう。

だが極《きわ》めれば極めるだけ、その方法は複雑で奥深いものになっていく。

いくつもの術式を読み解き、何度も何度も繰り返し練習し、そうして少しずつ自分の『魔術』を物にしていく。いくら膨大な魔力を持っていても、基礎を疎《おろそ》かにしては意味がない――魔術師とはそういう緻密《ちみつ》で過酷な職業だった。

正直今のマリーでは、既《すで》に本の知識に頭が追いつかなくなりつつある。

（ルートヴィヒさんは、図書館にあるのは基本的な魔術の本だけだって言っていた……。きっとルカさんはこれも全部理解して、その上でさらに勉強してきたんだろうな……）

準備してあるルカの分の食事を、ちらりと見つめる。

最近、ゴミ箱に捨てられこそしなくなったが、やはり手紙には何の返事もない。

胸の奥に形容しがたい不安が走り、マリーはぶんぶんと首を振った。

(焦っちゃだめ！　もう任務とは関係ないんだし、ルカさん自身がどうしたいのか、じっくり考えることが大切で……)

だがジェレミーの「魔力は衰える」という発言を思い出し、マリーは一人口を閉ざした。

(……とにかく今は、私が出来ることをしよう！)

書籍を開き、書かれている単元を自分なりにまとめていく。

だが難易度の上がった本はやはり難解で——マリーはうーんとしきりに首を捻《ひね》った。

(効果範囲の射程は、前節のａからｃの間で指定して？　でも地表より下に展開する場合は後節が先に来るからその場合は——)

頭からしゅんしゅんと湯気が噴き出しそうだ。

やがて書かれている文字がぼんやりと霞《かす》んで見え、マリーはごしごしと目をこする。

(うう、眠い……。最近はあんまり寝る時間、取れてないしなあ……)

前世では三十分のコマ切れ睡眠でもなんとか働いていたというのに、すっかり健康的な生活に慣れてしまった。いやあれはあの職種がおかしい、とすぐさま訂正したところで、マリーはふわあと大きくあくびする。

(さすがに効率が悪いかな……。でもこのページまではやっておきたいし……。ちょっと、ちょっとだけ、仮眠を……)

鉛筆を置き、こてんと頭をテーブルにつける。

その瞬間、マリーは気絶するように眠ってしまった。


突然、ばさっと重量のある何かがマリーの肩に触れた。

「——っ!!」

そこでようやく、自分が随分と寝すごしてしまっていたことに気づく。

(いけない、今何時⁉)

勢いよくがばっと起き上がったマリーだったが、窓の外はまだ暗くほっと胸を撫で下ろす。

だが自身の肩に掛かっている毛布を掴むと、慌てて周囲を見回した。

(さっき、誰かが私に毛布を——)

すると案の定、階段の方に逃げ出す足音を聞きつけた。

考えるより先に体が動いてしまい、マリーは慌てて走り出す。

(もしかして、ルカさん⁉)

どうやらフードを被っているらしいシルエットは、そのままたたっと二階に上り、長い廊下を走っていく。とてもひきこもりとは思えない俊敏《しゅんびん》さに驚きつつ、マリーもまた懸命に彼の背中を追いかけた。

寝ている皆を起こさないよう、そっと小声で話しかける。

「（ルカさん、ルカさんですよね！）」

しかしルカが足を止めることはなく、廊下のつきあたりから扉の鍵を開けるガチャガチャという金属音が響いた。それを耳にしたマリーは必死に呼び止める。

「（待ってください、話を――）」

だがマリーが到着するよりも早く、ルカは自室に逃げ込むと勢いよく扉を閉めた。

勢いづいたマリーの体は止まらず、閉め切られた扉にそのままバンッと突き当たってしまう。

反動で廊下に転倒し、思わず「ぎゃっ！」と悲鳴をあげた。

（いたた……。ひ、引き留めようとつい夢中で……）

マリーは座り込んだまま、じんじんと痛む額と鼻頭を押さえる。

すると閉ざされていたはずの扉がきいと開き、わずかな隙間からフードを被った少年が顔を覗かせた。暗がりでその表情はよく分からなかったが、アメシストのような紫色の瞳であることが分かる。

「ル、ルカさん……？」

「――っ！」

マリーがきょとんと首を傾げると、ルカは再びものすごい速度で扉を閉めた。

すぐに立ち上がると、マリーは声量を抑えたまま扉越しに話しかける。

「ルカさんですよね。私、マリーといいます。今この騎士団の世話係をしていて」

「……」

「驚かせてごめんなさい。でも一度でいいから、あなたと話がしたくて……」

ルカの返事を聞き洩らさないよう、マリーはそこで一旦口をつぐむ。

だが待てど暮らせど彼からの応答はなく、焦ったマリーはレインからの伝言を口にした。

「あの、レインさんが言っていました。ルカさんのこと、誰も責めてないって」

「……」

「ジェレミーさんも、精神的な問題だろうと……。魔術が使えなくなるのは誰にでも起こりうることで、練習すればまたきっと使えるようになると――」

直後、ドンッと拳を叩きつけた音が響いた。

扉についていた手をマリーがびくっと浮かせると、苛立ちを孕《はら》んだルカの声が聞こえてくる。

「君に何が分かるの？　魔術師でもないくせに」

「そ、それは、その」

「魔術のことなんて何も知らないくせに。僕が……どんな思いで今までやってきたのか、何にも……、何にも知らないくせに……！」

絞り出すようなルカの慟哭《どうこく》を耳にし、マリーはそれ以降の言葉をすべて呑み込んだ。

そっと扉に手を添え、ルカに向かって謝罪する。

「すみません、私、分かったような口をきいてしまって……」

「……」

「食事、あとで扉の前に置いておきます。……良かったら、食べてください」

マリーは一度食堂へと戻ると、彼の分の食事を手に、再び二階へと移動した。

新しいカードに「ごめんなさい」とだけ書くと、すぐにその場を立ち去る。

（どうしよう私、……こんなことを言うつもりじゃ、なかったのに……）

もしルカに会えたら、ゆっくり彼の話を聞きたかった。

そのうえでどうしていきたいのか――それを一緒に考えていきたかったのに。

（ルカさんはもう、本当に出て来てくれなくなるかもしれない……）

食堂に戻ると、開きっぱなしになっていた本とノートがテーブルに散乱していた。

毎日必死になって勉強してきた魔術のこと。術式。それらすべてが、先ほどの言葉で一気に無駄になってしまった気がして――マリーは思わず瞳を潤《うる》ませる。

（私、世話係《マネージャー》、失格だ……）

ノートの端にぱたりと雫《しずく》が落ち、そこだけじんわりと色濃く滲んだ。

翌朝。

マリーは腫《は》れた瞼をこすりながら目覚めた。

今日もくたびれた様子で魔獣討伐に向かう団員たちを送り出し、今にも雨が降り出しそうな曇天《どんてん》をしょぼしょぼした目で眺める。

（珍しく天気が崩れそう……。洗濯物はやめておこうかな）

梅雨《つゆ》や台風で荒れがちな日本とは違い、ここアルジェントは大変気候が良かった。

特にこの季節は連日快晴のことが多く、この前いつ雨が降ったのかも思い出せないほどだ。

空と同じどんよりとした気持ちのまま、静かに二階へと上がる。

ルカの部屋の前で放置されていた一人分の食事を、トレイごとそっと持ち上げた。

（やっぱり……食べてない）

昨夜うっかり鉢合わせした後、ルカが出て来てくれないかとマリーはしばらく待っていた。

しかし案の定、彼は一歩も出てくることなく——料理も手付かずのままだ。

（どうしよう……。私があの時、余計なことを言ったから……）

マリーは食堂に戻ってくると、改めてがくりと肩を落とした。

だが気を取り直し、団員たちのお弁当と同じ——ふんわりとした白パンに野菜と燻製肉、ソースを挟んだ特製サンドイッチを作ると、お皿の上に綺麗に盛り付ける。先ほどのトレイに載せると、再び緊張した面持ちでルカの部屋へと向かった。

「あの、ルカさん。マリーです。昨日はすみませんでした」

返事はない。

「それであの、サンドイッチを作ったので……ここに置いておきますね」

耳を澄ますが、やはり物音一つしない。

マリーは扉の脇にサンドイッチが載ったトレイを置くと、「失礼します」と声をかけてその場をあとにした。

（とりあえず、お昼にもう一度見に来よう……。それでも食べていなかったら……）

昨日の自分の失態がまざまざと甦ってきて、マリーはたまらず頭を抱える。

すると廊下の窓に、ぱたたっと小さな水滴がついた。

「雨？　降り始めたのね……」

マリーは窓ガラス越しに、寮の裏手にある庭をぼんやりと見つめる。

すると階下から、玄関の呼び鈴がからんと響き渡った。

階段を下りてロビーに向かうと、郵便配達人がほいと手紙を差し出す。

「《狼》騎士団宛てにジェレミーさんから。なんか急ぎみたいだったよ」

（ジェレミーさん？）

すぐに派手なピンクの髪が脳裏をよぎり、マリーはその場で封蝋《ふうろう》を割る。

中には一枚の便せんが入っており——それを目にしたマリーは近くのテーブルに手紙を置くと、すぐさま二階へと駆けあがった。

サンドイッチが残されたままの部屋の前に立つと、慌ただしく扉を叩く。

「ルカさん、あの、私ちょっと外に出てきます！　鍵はかけていきますから！」

それだけを一息に言い切ると、マリーは着の身着のまま急いで玄関に向かった。

そうして騎士団の寮は、物寂しい静謐に支配されたのだった。

◯　◯　◯

時間は今朝にさかのぼる。

薄暗い部屋。わずかに開いたカーテンの隙間から、討伐に赴く《狼》騎士団員たちを眺めていたルカは、その場ではあとため息を漏らした。

（もう三週間……だよね？　そんなに難しい任務なのかな……）

この仕事が始まって早々、ルカの助力を求めてユリウスをはじめとした多くの団員たちが扉の前を訪れた。だが「魔術が使えない」ということを打ち明ける勇気がなく、部屋に閉じこもっておくことしか出来なかった。

(魔術……)

ベッドに腰を下ろしたルカはそっと自身の左手を開く。

目を閉じ集中しようとするが――すぐに『失敗した時の光景』がまざまざと甦り、恐怖を追い払うようにぶるぶると頭を振った。

(どうして、使えないんだろう……)

あれは事故だった。

敵を取り逃さないためには、ああするしかなかった。

仲間だって命には別条がなかった。

みんなも気にするなと言ってくれた。

しかしルカはあれ以来――『魔術の神様』から見放されてしまったのだ。

(無意識の抑制、恐怖心……。そんなこと、僕だって分かってる。でも……)

やがて廊下からノックの音がして、世話係が食事を運んできた。

おそらく昨日から何も口にしていないルカへの配慮だろう。その気持ちはありがたいが、正直いっこうに食欲が湧かない。

(結局、あいつだって、僕のこと何も知らないくせに……)

ある時から、ルカの食事を準備してくれるようになった――世話係のマリー。

無視するのも悪い気がしたし、何より美味しそうだったから、なんとなく食べ始めた。

手紙に『魔術』のことについて書かれた時はどきっとしたけど、彼女はなかなかそれ以上踏み込んでは来なかった。

（部屋から無理やり引きずり出すわけでも、レインやジェレミーの奴を連れて来るわけでもない……。事情は多分、知っていたみたいだけど……）

ネタ切れなのか、手紙の文言が段々どうでもいいことに変わっていくのは、正直ちょっと面白かった。

返事はしなかったが、今日は何が書かれているのだろう、と期待している自分も確かにいた。

そうして昨日、初めて彼女の姿を目撃した。

どうやら食堂で居眠りしてしまったらしく、ノートの上で突っ伏すようにして眠っていた。

ルカはすぐに立ち去ろうと考え、だが何故か足が止まり、一旦自分の部屋に戻ると使っていない毛布を持ち出した。

本当に、ほんの気まぐれだった。なのに。

（やっぱりあいつだって、魔術がない僕に用はないんだ……。だから、魔術はまた使えるようになるとか、簡単に言って――）

どこかで――彼女だけは言わないでほしい、と願っていたのかもしれない。

でも実際に顔を合わせると、自分の価値はそこにしかないのだと改めて思い知らされる。

（仕方ないか……。僕はここでも……役立たずだから）

魔術師団のメンバーは、ルカが魔術を使えなくなっても「いつかまた使えるようになるから」と在籍を容認してくれていた。

だが何の力にもなれない自分がどうしてもいたたまれなくて、ルカは逃げるように転籍願いを出した。《狼》騎士団を選んだのも最低な理由で、高度な魔術が必要とされるような、難易度の高い仕事が来ないのではないか――と、それだけを期待してのものだ。

それなのに、ここでもまた自分は居場所を失いかけている。

（もう……だめなのかな。僕はもう二度と、魔術を――）

緩く開いていた左手を、強く握りしめる。

するとそこに、今まで聞いたことがないほどうろたえた世話係の声が聞こえてきた。

「ルカさん、あの、私ちょっと外に出てきます！　鍵はかけていきますから！」

（……？）

言うが早いかすぐに階段を下りる音が続き、ルカは閉まったままの扉をじっと見つめていた。

静まり返った寮内の様子をしばらく探っていたが、やがてそろそろと立ち上がり、廊下に繋がる扉を開く。

（突然、どうしたんだろう……？）

不思議に思ったルカは、そのまま階段を下りて食堂へと向かう。

昼間に足を踏み入れるのは初めてかもしれない、と何となく厨房の方に入ってみた。すると食材などが置かれた戸棚の端に、見覚えのある背表紙が並んでいる。

（これ……『魔術の成り立ち』だ……）

ルカが五歳くらいの時に、絵本代わりに読んでいた魔術の教材。

その隣にはくたくたになったノートもあった。本の要点をまとめ、自分なりの疑問点や理解を書き残し、懸命に何度も術式を考え直す――試行錯誤している人間の、勉強の痕跡がしっかりと刻まれている。

（懐《なつ》かしいな……。僕も昔はこうやって、手当たり次第に書いて……）

寝る間も惜しんで新しい術式を編んでいた、かつての無邪気な自分を思い出す。

あの頃はただ、魔術が好きだった。

難しい術を使えるようになるのが楽しくて、自在に操《あやつ》れる膨大な魔力は自分の誇りだった。

神童と崇《あが》められ、魔術師団に推挙され、その先にある栄華を疑うことなどなかったのに。

（これ、あの子の字だよな……。でもどうしてこんな、魔術の勉強なんか……）

そこでルカの心にようやく、すとんと何かが落ちた。

（もしかして、僕のため……？）

だがルカはすぐに首を振る。

（……都合よく考えすぎだ。たまたま何かに必要で、勉強したのかもしれないし――）

そこでノートに挟まれた、別の紙を発見した。

ルカが慎重に取り出すと、そこには『好きなメニュー調査』と書かれており、その下にはこれまでに準備されていた夕食メニューが、日付と共に書かれている。

脇には○、△、×といった記号も書き添えられており、ルカはぱちくりと瞬いた。

（ミートボール○、ハンバーグ◎……？　×の日は……魚料理だっけ？）

自分の知る料理名と違うものも多々あり、ルカには半分ほどしか理解できない。

だが書かれている意味だけは、なんとなく理解した。

（僕の……好きなものを知ろうとしてたのか……）

初めて食事を準備してくれた日から、彼女はずっとルカのことを心配していた。

でも騎士団に協力しろとも、魔術を使ってみろと強要することもなく、毎日の手紙には「ルカと話をしたい」という気持ちだけが込められていた。

（料理……全然分かんないや……）

「何も知らないくせに」と彼女に言った。

だが何も知らなかったのは、本当に彼女だけだったのだろうか。

自分だって――彼女《マリー》のことを何も分かろうとしなかったのではないか。

（……。あの子に……謝らないと――）

マリーの書いたノートを棚に戻すと、ルカは彼女を追いかけるべく玄関へと移動した。

しかしそこに置かれていたテーブルの上に、見覚えのある便せんを発見する。

それは魔術師団の団員たちに支給されているもので、何気なしに手に取ったルカは思わずそれを握りしめた。

（……ジェレミー先輩から？　『討伐対象の魔獣について――水に対して過剰な反応を示すことが判明。降雨時などは狂暴化する恐れ大。雨天での任務実行は推奨しない』……はあ⁉）

すぐさま玄関の扉を開けて外を見る。部屋ではずっとカーテンを閉ざしていたから気づかなかったが、既に結構な雨量が地面に降り注いでいた。

おそらくマリーはこの手紙を見て、団員たちに作戦中止を伝えに行ったのだろう。

（仕事の変更を連絡するのは、世話係の仕事の一つだ。でも――）

ルカの胸にざわめきが起こる。

すると握りしめた便せんの下からもう一枚――貼り付くようにぴったりと重なっていた別の便せんが現れた。

『追伸。狂暴化した魔獣は、弱いものを集中して襲う傾向がある。特に女、子ども、老人や魔力量の多い者は狙われやすいから、絶対にひとりでは行動するな』

（……あの人、どうしてこんな大事なことを分けて書くんだ⁉）

ド派手なピンク頭に仮面という奇抜《きばつ》な外見なのに、術式構築だけはどうしても勝つことの出来ない相手――ルカは便せんを破きかねない勢いで剥がすと、テーブルにそれぞればしっと叩きつけた。

苛立ちを含んだはあはあという息を吐き出したあと、はっと顔を上げる。

（もしかして……二枚目を見ずに、ひとりで現場に行ったんじゃ……）

ルカはわずかに逡巡したあと、すぐさま雨の中へと駆け出した。


しとしとと雨が降り続く中。

ハクバクの森についたマリーは、ここまで運んでくれた荷馬車の主に頭を下げた。

「ありがとうございました！」

「本当に大丈夫かい？　ここ、魔獣が発生していて危ないって聞いたけど」

「はい。ですからあの、出来るだけ早めにここから離れてください」

「う、うん？」

疑問符を浮かべつつ、荷馬車はがらがらと離れていく。

その姿を確かめたあと、マリーは鬱蒼《うっそう》とした森の茂みに恐る恐る分け入った。

（とりあえず団員の誰かを見つけて、そこからユリウスさんに事情を伝えてもらおう）

雨による狂暴化の度合いがどれほどかは分からないが、万一取り返しがつかなくなってからでは遅い。マリーは顔や腕に枝葉による細かい傷をつけながらも、森の奥目指して足を進めた。

やがて脇からがさっと草を踏む音がして、マリーはほっとしながら振り返る。

（良かった、誰か――）

だがそこにいたのは人ではなく、小さなウサギだった。

おまけに何故かぐったりとしており、マリーはじいっと目を凝《こ》らす。するとその首元にウサギの倍はあろうかという真っ黒な蝙蝠型魔獣が噛みついており――マリーは溢れかけた悲鳴を、咄嗟に両手で押さえ込んだ。

（……！）

それ以上近づかれないよう、ゆっくりと後退する。

だが足元にあった木片をぱきりと踏み折ってしまい、気づいた魔獣がさっと頭を上げた。さすがに怖くなったマリーはある程度の距離を確保した後、ようやくダッシュで逃げ出す。

「だ、誰か、誰かいませんかーっ⁉」

団員たちの耳に入ってくれればと、マリーは必死になって叫ぶ。

すると頭上から葉擦れの音がし、その直後、マリーを追って来ていた魔獣に一本の矢が勢いよく突き刺さった。見事な仕留め方にマリーが驚いていると、数歩先の木からヴェルナーが下りてくる。

「マリーちゃん？　どうしてここに」

「ヴェ、ヴェルナーさんー！」

マリーは涙目のまま、すぐにジェレミーからの忠告を説明した。

それを聞いたヴェルナーは「なるほど」と顎に手を添えたあと、弓を肩に掛け、森の奥を指さす。

「確かに、今日はちょっと魔獣たちの様子がおかしい気がしてたんだよ。ユリウスたちはこの奥の拠点にいる。ここで分かれるのも危険だから、オレの後ろを離れないようついて来て」

「は、はい！」

魔獣を射落としながら進むヴェルナーのあとを、マリーは慎重に追いかけた。

やがて大勢の人が立ち入った獣道《けものみち》のような痕跡が現れ、その先にわずかに開けた場所が見えてくる。だがいよいよ到着という時になって頭上に巨大な魔獣が複数出現し、ヴェルナーがすぐさま矢を番《つが》えた。

「マリーちゃん、あっちまで走れる⁉」

「い、いけます！」

「よし！」

ヴェルナーが一匹の足を撃ち抜く。魔獣たちが一斉にヴェルナーに意識を向けた隙をついて、マリーは無我夢中で森の中を走り抜けた。

そうして木々の間隔が空いた場所に出たところで――マリーはこくりと息を呑む。

「なに、これ……」

空一面を塗り潰すような黒い霧。

よく見るとそれは、渦を巻いて旋回する魔獣たちの大群で――その圧倒的な量にマリーはつい言

た。

　すると地上付近の魔獣相手に戦っていたユリウスがその姿に気づき、慌ててこちらに駆けつけた。

「おい！　何故ここに来た！」

「ユ、ユリウスさん、実は――」

　マリーはすぐさま魔獣の特性について説明する。

　それを聞いたユリウスは短く舌打ちすると、他の団員たちに大声で指示を出した。

「一旦作戦中止だ！　全員すぐに避難を――」

　だがその時、一匹の魔獣がマリーたちのいる方めがけて滑空してきた。

　ユリウスは持っていた長剣で難なく叩き落とすと、背後にいたマリーに叫ぶ。

「その先に野営用のテントをいくつか設置してある！　獣除《よ》けの魔術を施してあるから、どれでもいい、入ってろ！」

「わ、分かりました！」

　命じられたまま、マリーは一目散にテントを目指す。

　しかし先ほどまで上空で蠢《うごめ》いていた魔獣たちが、何故か次々と降下してきて――一斉にマリーめがけて突っ込んでくるではないか。

（な、なんでー!?）

　異変に気づいた団員たちは、慌ててそれらを迎撃する。

しかしあまりに数が多いことと、普段より狂暴化しているためか、なかなか倒しきることが出来ず――やがて団員たちの手から逃れた、ひと際大きな個体がマリーに襲いかかった。

「――っ！」

そこに突然、小さな火の玉が投げ込まれた。

魔獣たちはわずかに怯《ひる》み、マリーからすぐに距離を取る。

「マリー！　逃げて!!」

「ミ、ミシェルさん……！」

声のした方を見ると、腕を突き出したミシェルが「早く！」とテントの方を目線で示した。

マリーは地面の泥を跳ね上げながら、なんとかテントの一つに転がり込む。

かろうじて逃げこめたは良いものの――狂暴化しているせいか、魔獣たちは獣除けをものともせず、マリーのいるテントを執拗《しつよう》に攻撃してきた。

（ひいいい……！）

震える手で、テントの出入り口を封鎖する。

布地の向こうには、おびただしいほどの魔獣のシルエットが重なりあっており、マリーは乱れた息を吐き出しながら改めて己の状況を理解した。

「こ、怖すぎる……！」

団員たちの話で聞いていた数倍は恐ろしく、マリーは「みんな今までこんな大変な仕事をしていたのか」とひしひしと痛感する。

しかし心を落ち着ける間もなく、叩きつける雨のような蝙蝠たちの攻撃は続いた。

(これ……破れたらどうなるの？)

マリーは慌てて武器になるものを探す。

しかし剣や斧《おの》は持ち上げたところで構えることも出来ず、マリーは仕方なく、転がっていた携帯用のフライパンを手に取った。

(正直頼りなさすぎるけど……ないよりはマシ！)

飛んでくる蝙蝠を叩き落とすイメージを脳内で再生し、何度か素振りを試みる。

だがフォームが定まるよりも早く、テントのどこかでバリッという絶望の音がした。

音のした方を振り返ると、破れた箇所から魔獣が数匹入り込もうとしている。

(ど、どうしよう、穴を塞がないと！　でも、そもそも近づけない……)

やがて一匹が突進してきて、マリーは無我夢中でフライパンを振り下ろした。

ごいん、という嫌な感触と音が手を伝い、あっけなく魔獣は墜落する。

「や、やった……？」

そうっとフライパンの向こうを覗き込もうとしたマリーだったが、そこに左右同時に二匹の蝙蝠が襲い掛かってきた。咄嗟のことで反応が出来ず、思わずその場にしゃがみ込む――

「――っ！」

（……⁉）

しかし襲い掛かってきた魔獣は、ギャッ、ギッ、とそれぞれ短い悲鳴を上げて地面に落ちた。

それを目にしたマリーは、恐る恐る顔を上げる。

すると眼前にフード姿の少年――騎士団寮にいるはずのルカが立っていた。

「ル、ルカさん⁉　どうしてここに」

「君を……追いかけて……。そうしたらテントに、……集まってたから……はあ、……ここかなって……」

はあ、はあと激しく肩を上下させており、手には騎士団の短剣が握られている。

そこに再び四匹目、五匹目の魔獣が続けざまに飛来した。

ルカは短く舌打ちすると、マリーを庇いながら応戦する。

「このテントはダメだ、早く隣のテントに移動して――」

そう発した直後、ルカの手の甲に魔獣による深い切り傷が走り、その手から短剣が零れ落ちた。

「――っ！」

「ルカさん⁉」

ルカは地面に落ちた短剣を一瞥したものの、拾い上げるのは諦め、代わりに両手のひらを魔獣に向けて突き出す。

『……土の叡智よ、その力を我に貸し与えよ――』

（まさか、魔術を――）

ぼわっとルカの指先が光り、魔獣たちがわずかにたじろぐ。

しかし光はすぐに消滅し、魔獣たちは再びけたたましく鳴きながら二人に牙を剥いた。

「っ……!!」

「ルカさん！　伏せて！」

咄嗟に身構えたマリーが、襲ってきた魔獣めがけてフライパンを振りかざす。

幸い見事にヒットし、そのまま地面に落ちた。

マリーは呆然とするルカの手を掴むと、テントの出入り口に向かって走り出す。

「ルカさん、逃げましょう！」

「……」

封鎖していた出入り口の布を勢いよく外し、ギャアギャアと蝉時雨《せみしぐれ》のように喚く魔獣の群れの中を、二人は無我夢中で駆け抜ける。

すぐに隣のテントが見えてきて、マリーたちは魔獣たちに入られないよう、わずかな隙間からするりと身を滑りこませた。即座に封鎖し、汗と泥でどろどろになった体のまま、マリーはぜいはあと肩で息をする。

（こ、怖かったー!!）

すぐに呼吸を整えると、助けに来てくれたルカにお礼を伝えた。

「ルカさん、ありがとうございました。まさかここまで来てくれるなんて……」

しかしルカは答えず、フードを深くかぶったまま俯いている。

「……ルカさん？」

「ごめん、やっぱり僕、使えなかった……」

震える手のひらをぎゅっと握りしめると、ルカはフードの奥からぽろぽろと涙を零し始めた。

「やっぱりもう、だめなんだ……。昔は何も考えなくても、自在に魔術を生み出せたのに。どうすれば術式が構築できるか、目を閉じていても分かったのに。今の僕は、初級の魔術すら使えない……。本当に、何の役にも立たない……」

（ルカさん……）

ぐす、と洟《はな》を啜《すす》る音が落ち、マリーはぎゅっと下唇を噛みしめる。

「……そんなことありません。さっき、私を守ってくれたじゃないですか」

「でも結局こうやって、逃げ隠れることしか出来ない。魔術がない僕に、価値なんて……」

弱々しいルカの言葉を受け、マリーは思わず息を呑んだ。

彼の手には、先ほどの攻撃で受けた切り傷が残っており——マリーは手当てをしようと、自身のスカートの端を破く。

「魔術が使えようと、使えまいと……ルカさんは私たちの——《狼》騎士団の仲間です」

止血するように彼の腕を強く縛る。続けて傷のある手の甲にも巻き付けた。

触れ合う手から、ルカの確かなぬくもりが伝わる。

「たしかに今は、魔術が使えないかもしれません。いつ元通りになるかも分かりません。でも、魔術がなくても、出来ることはあるはずです」

「魔術が、なくても？」

「はい。戦う方法は他にいくらだってあります。剣だって、拳だって、フライパンだって。生きていくためなら、どんな武器を使ったっていいんですよ」

芸能界にもいろんな戦い方があった。

歌が好きでデビューしたけどいっこうに振るわず、ドラマに出て一気に開花したアーティスト。可愛い言動を売りにしていたけど、読書家なことをアピールしたら界隈《かいわい》から引っ張りだこになったアイドルも。

自分の『頑張ってきたこと』を貫《つらぬ》き通すのはもちろん大切だが、それがだめだったからといって、これまでしたきたことすべてが『ナシ』になるわけではない。

「ルカさんが魔術を使っても、使えなくても――使いたくなくても。どれでもいいんです。でもお願いです。ルカさんが『本当にしたいこと』だけは、諦めないでください」

「本当に、したいこと……」

「はい。私はそれを、全力で応援します！」

言葉を失うルカに向けて、マリーは満面の笑みを向ける。

その瞬間——二人の間にふわっと淡い光が広がった。

「な、なに⁉」

突然のことにマリーが目をしばたたかせていると、ルカがマリーの手を強く握り返す。

「……マリー、君はもしかして……『白』持ちなの？」

「し、白？」

「魔力だよ。しかもこんなに強い……」

すると驚くべきことに、布越しに血が滲むほどだったルカの手の傷が、いつの間にか跡形もなく消え去っていた。ルカはその部分を確かめるようになぞると、改めてマリーを見つめる。

「しかもただの『治癒』じゃない。マリー、君の魔術はいったい何なの？」

「そ、それが、私にもよく分からなくて……。今はただ、ルカさんを励まそうと」

「……もしかして、君の力って——」

するとどこかから、ばりっと布が裂ける嫌な音がした。

慌ててそちらを見ると、外部からの攻撃によってぼろぼろになったテントの一角が破れ、隙間からうごうごと魔獣が入り込もうとしている。

「——っ、君は後ろにいて！」

「は、はいっ！」

ルカは近くにあった予備の短剣を手に取ると、テント内に侵入したそれを一匹ずつ慎重に仕留め始めた。マリーもまた両手でフライパンの柄《え》を掴み、彼の援護をするように身構える。

が、今度はマリーの背後からばさばさばさばさっという羽ばたきが響いた。

「いやーっ⁉」

どうやらまた別の場所が突破されたらしい。

襲いくる魔獣の群れに向けて、マリーは力いっぱいフライパンを振り回す。

しかしそのうちの一匹が、マリーに牙を向いた。

「――っ！」

間一髪、ルカが短剣を突き立て、魔獣は武器ごと地面に縫い留められる。

だが魔獣はなおも増え続け、ルカは上着を脱ぐとばさばさと魔獣たちを追い払った。

「ル、ルカさん……」

「くそっ、……来るなよ！」

そこに一際大きな個体が現れ、二人に向かって激しく威嚇《いかく》する。

ルカは手にしていた上着をマリーの頭に被せると、そのまま自身の背後へ庇った。

「ルカさん⁉　危険です！」

「大丈夫、なんとか、するから……‼」

けたたましい鳴き声をあげる魔獣を前に、ルカはぎりっと唇を噛みしめる。

マリーもまた安否を気遣うように彼の腕を掴んだ。

それを目にしたルカが、一か八かというふうに告げる。

「……マリー、僕に《応援《エール》》をちょうだい」

「え、エールですか？」

「君の魔術はおそらく、誰かのために祈った時だけ効果を発揮する」

「……!!」

その瞬間、マリーはかつて魔術を使った場面を思い出した。

（そういえば私、あの時男の子に『頑張って』って……）

半信半疑のまま、マリーはこくりと息を呑む。

やがてルカが、続く言葉を苦しそうに振り絞った。

「どんなに情けなくてもいい、苦しくてもいいから――やっぱり僕はもう一度、魔術を使いたい……！」

「ルカさん……」

「だからお願い、僕に、力を貸して――」

それを聞いたマリーは、自身の手にぐっと力を込める。

「もちろんです！　ルカさん――頑張ってください!!」

言葉にしたのとほぼ同時に、白い光の奔流《ほんりゅう》がぶわりとルカの体に流れ込んだ。

ルカは驚きに目を見張っていたが、すぐに魔獣たちに視線を戻す。

そんな二人に、魔獣たちは四方八方から襲いかかった――

『土の叡智よ、その力を、我に貸し与えよ――』

ルカの眼前に、恐ろしいほど難解で――美しい術式が瞬く間に展開される。

そうして彼はそのまま、自身の両手を魔獣に向けて掲げた――

○　○　○

「ユリウス！　あのテント獣除けしてるのに、なんであんなに狙われるの⁉」

「俺が知るか！　魔獣に聞け！」

もう何匹目になるか分からない魔獣を倒した直後。

突如立っていられないほどの地震が起き、ミシェルは思わず目をしばたたかせた。

「な、なに、あれ……」

マリーたちが逃げ込んだテント――その一帯を中心に、巨大な土の壁がめきめきと『生えて』いる。

壁はテントとその周囲に集まっていた魔獣を余すことなく囲いこむと、咲いた花が蕾《つぼみ》に戻るか

のような動きで、ぴったりと半球の中に閉じ込めた。

次の瞬間――ドンッと空気を震わせる爆音とともに、ドームの天井と外壁が崩壊する。

テントがあった場所には土塊《つちくれ》が小山のように積み上がり、それを見たミシェルは血相を変えて駆け出した。

「マリー!!」

当然他の団員たちも気づき、大急ぎでその土の山を取り囲む。

どうやらテントを襲撃していた魔獣の群れがまるごと下敷きになったらしく、あれだけ周辺を跋《ばっ》扈《こ》していた魔獣たちの姿は、一匹も見当たらなかった。

だがそれは、テントの中にいたマリーに対しても同様で――

「ユリウス、中にマリーが！」

「すぐに掘削《くっさく》作業に移る！　第一隊は街から人出を集めてこい、第二隊は医療班の手配だ！」

「は、はいっ！」

団員たちはすぐさま持ち場につき、道具を運び込む者や、テントがあった位置を憶測して最短距離を求める者などに分かれた。

だがミシェルだけは指示が聞こえていないのか、自身の手だけで必死に土を掘り返しており、それを見たユリウスが怒号を飛ばす。

「ミシェル、いいから人を呼んでこい！」

「でも、そんなことしているうちに、マリーが……！」

爪先から血を滲ませながらも、決して手を止めようとしないミシェルに、ユリウスはぎっと苦虫を噛み潰す。するとそんなミシェルのすぐ脇で、突如ぼこっと地面が盛り上がった。

「――⁉」

隆起はそのままもこもこと畝《うね》のように進んで行き、ユリウスは「魔獣の残りがいたか」と剣を抜くと、山の到達点を予測しその場に立ちはだかった。

やがて地中から何かが頭を出し――それを見たユリウスはすかさず長剣を振りかぶる。

「――っ‼」

だがすんでのところでぴたっと刃が止まった。

同時にマリーの悲鳴が上がる。

「ぎゃー⁉」

「……どうやってここに」

「ル、ルカさんが、脱出用の道を作ってくれて……」

「ルカだと？」

ぎらっと研ぎ澄まされた長剣の刃を横目に、マリーは恐る恐る地面から這い出た。

続いて同じく土まみれのルカが現れ、彼がそっと地面に手を置くと、モグラの穴のように膨らんでいた道筋が一瞬で平らになる。

そのありえない光景に、木材やシャベルを担《かつ》いでいた団員たちはぽかんと口を開け、ミシェルもまた信じられないという顔つきでマリーの前に立った。

「マリー……無事なんだね？」

「はい。ルカさんのおかげで――きゃっ⁉」

いきなりミシェルから抱きしめられ、マリーは「えっ⁉　えっ⁉」と動揺する。

どうしようと後ろにいたルカを振り返るが、彼もまたからかうように微笑むだけだ。

やがて剣を収めたユリウスが、苛立った様子で口を開いた。

「ルカ、貴様いつからここに来ていた」

「ついさっき。マリーが危ないと思って、追いかけてきた」

「……なるほど。では先ほどの魔術は貴様か。あの規模の土壁が崩落すれば、中のテントはひとたまりもなかったはずだ。いったいどうやって退避した？」

「テントの内側に、もう一つの強度のある部屋を設計したんだ。だから魔獣たちだけ潰されて、僕たちは無事ってわけ」

ユリウスはちらりと瓦礫《がれき》の山を見る。

ルカは簡単に説明しているが、特段相性の良い土地でもない限り、あれだけの規模で地盤を変動させるのは容易なことではない。それが複雑な構造ともなれば――とひそかに感心する。

やがてルカはゆっくり歩み寄ると、半べそ状態のミシェルをマリーから引き剥した。

「ほら、いい加減離れてよね」

「うう、良かった、良かったよう……」

「ル、ルカさん、ありがとうございます……」

マリーもまた、改めてルカの方を向き直る。

フードが外れたルカの髪はぼさぼさになっており、顔や手にも細かな傷がたくさん残っていた。

それは泥だらけになったマリーも同様で、二人はふふっと笑いあう。

やがてルカは長い前髪の下で目を細めた。

「君の《応援》のおかげだ。……本当にありがとう、マリー」

「……はい！」

その返事に、ルカは満足そうに微笑む。

だが次の瞬間、まるで糸が切れたかのようにどさりと倒れ込んできた。

慌てて抱き留めたマリーは、必死に彼の名前を呼ぶ。

「ルカさん、大丈夫ですか⁉　ルカさん⁉」

「……」

（もしかして急に魔術を使ったから、なにか体に異常が――）

しかしその直後、ぐう～っという何とも気の抜けたお腹の音が上空へと吸い込まれた。

マリーがそうっと視線を下ろすと、まさに精も根も尽き果てたという感じのルカがお腹に手を当てたまま、かすれた声を絞り出す。

「おなか……すいた……」

「……ですよね」

彼が昨日から何も食べていないことを思い出し、マリーはつい笑いを零す。

そんな二人を見たユリウスは大きなため息を吐き出すと、いまだめそめそと瞳を潤ませているミシェルの首根っこを掴み、なかばやけくそのように団員全員に向けて叫んだ。

「原状回復と魔獣の残りがいないか確認！　それが終わったらとっとと撤収準備だ!!」

「はいっ！」

いつの間にか雨は上がっており、雲の間からはわずかな青空が覗いていた。


こうして驚きの速度で撤収準備を終えた騎士団の面々は、久しぶりに満面の笑みで帰還した。

だが夕飯の準備をしておらずマリーが蒼白になっていると、ヴェルナーが慣れた手つきであっという間に野菜と肉を切り、大量の香辛料《スパイス》で煮込んだ料理を作ってくれる。

『トット・ラ・ジュルネ』という料理らしいが、その匂いはカレーそのものだ。

同時にミシェルが庭でたき火をおこし、そこに載せた巨大な鍋で倉庫に眠っていた芋《いも》を片っ端から茹《ゆ》でていた。各々で皮を剥き、塩味をつけて潰したそれを先ほどの『トット・ラ・ジュルネ』に添える。

食欲を誘う香りに、お腹も満たされる立派な一品の完成だ。

「ヴェルナーの料理、久々だな！」

「野郎に食べさせる予定はなかったんだけどな～」

「そう言うなって。うい、おかわり！」

がやがやと賑やかな食堂の様子にマリーがほっとしていると、それに気づいたヴェルナーが皿を持ったまま近づいてきた。

「お疲れ。今日は伝令ありがとね」

「こちらこそすみません、晩ご飯作っていただいて……」

「いえいえ。それよりまずは泥を落としてきなよ。この時間なら団員たちもいないし」

ヴェルナーに勧められ、マリーはありがたく先に体を綺麗にすることにした。

といっても廃墟同然のこの寮にシャワーやお風呂などあるはずもなく、マリーはタライに水を溜めると、土まみれになった髪や腕を井戸の傍で洗っていく。

（それにしても……ルカさんの魔術、本当にすごかったな……）

テントの中にいた間はよく分からなかったが、外に出てみてぎょっとした。

以前ユリウスが見せた水の壁も相当驚いたが、ルカが使う魔術はそれを遥かに凌駕《りょうが》している。

地面を一気に動かすなんて、現代日本でも相当な人出や重機が必要な作業だろう。それをたった一人で。

（この世界で機械が発展していないのって、やっぱり魔術があるせいかしら……）

やがて着替えを終え、食堂で夕食を受け取ったマリーはきょろきょろと座るところを探す。

だがみんなよほど空腹だったのか席を立つ者はおらず、マリーは仕方なく他の場所で食べようとふらっと廊下に移動した。

すると玄関先で「ひゃん！　ひゃん！」というジローの鳴き声が聞こえ、マリーはそそくさとそちらに足を向ける。ひとり置いていかれて寂しかったのか、ジローはマリーの姿を見つけるや否や嬉しそうに跳ね回った。

「ごめんねジロー、留守番ありがとね」

しゃがみ込み、ジローの頭をよしよしと撫でる。

するとどこからか、笑いを堪《こら》えるようなルカの声が聞こえてきた。

彼も身綺麗にしたあとなのか、以前と同様フードを被っている。

「君、犬と話せるの？」

「えっ、あっ、ル、ルカさん⁉」

なんとなく恥ずかしくなり、マリーはすぐさま立ち上がる。

ルカは玄関脇にあった花壇の縁に腰かけており、マリーに向かってちょいちょいと手招きした。

おずおずと隣に座ったところで、マリーはさっそく今日のお礼を口にする。

「あの、ありがとうございました。助けてくださって」

「お礼を言うのは僕の方だよ。君のおかげで、僕はもう一度魔術を使うことが出来た。本当に……感謝してもしきれない」

フードの奥で彼が柔らかく笑った気がして、マリーは顔をほころばせた。

「でも、どうして急に使えるようになったんでしょうか?」

「いちばんは、君がくれた《応援》の効果だと思う。あの時、魔力が一気に膨れ上がった感じがして――『今なら、どんな魔術でも使えそうな気がする』って思ったからさ」

「な、なるほど……」

「あとは……気づいたからかな」

「気づいた?」

うん、とルカが組んでいた足の先をぶらぶらと揺らした。

「君から『生きていくためならどんな武器を使ってもいい』って言われて。それを聞いて『ああ、そうだったな』って。……僕はずっと『僕には魔術しかない』って思い込んでいたから」

最初はただ「好きなもの」だったはずなのに。

いつしかそれが自分の価値を決める指標になってしまった。

それがない自分に存在する意味はなくて、それだけがこの世にいられる理由で――だからその核を失った時、己の無力さに絶望してしまった。

「ジェレミーからの手紙を見て、森に行った君を慌てて追いかけた時――僕ははじめて、自分にもやれることがあったんだって気づいた。魔術が使えなくなっても、僕にはまだ、この手と足があったんだって」

「ルカさん……」

そう言うとルカは俯き、動かしていた足を止める。

「でも、もう一度使えるようになって、すごく実感した。……僕やっぱり、魔術が好きだったんだなって。いくら忘れようとしても、捨てようとしても、どうしても——これだけは手放せないものだった、って……」

「それはそうですよ。きっとずっと頑張っていたんでしょうし」

「そりゃあね。……だからこそ、これからはもう少し距離を置いて考えたいと思った。魔術は僕にとって大切な武器だけど、同時に大好きなものでもあるから。その価値を間違えたくないなって。あとなにより、もっと他の武器も手に入れたいしね」

そう言うとルカは一旦口を閉ざし、膝《ひざ》の上に置いていた両手をぎゅっと握った。

「それでその、今更、なんだけど……」

「はい？」

「これまで酷い態度とって、本当にごめん。無視したりとか、扉、閉めたりとか……」

「そうですねえー」

「……っ、君が魔術のこと、勉強しているのとかも知らなくて、嫌なこと、言って……。その、許してもらえるとは思ってないけど、でも……。出来れば他の団員たちと同じくらいに接してもらえると、ありがたいと、いうか……」

居心地の悪い沈黙が落ち、強く握りしめたルカの手の甲から血の気が引いていく。

マリーはようやく口元をほころばせると、ルカに向かって笑いかけた。

「もちろんです。だって私、《狼》騎士団のお世話係ですから！」

あっさりとした快諾に、ルカは何度か目をしばたたかせていた。

だがすぐに「ふっ」と笑いを零す。それを見たマリーもつられるようにして微笑んだ。

そうして二人して笑い合った後、マリーが「そういえば」と縁石に置いていた夕食の皿を持ち上げる。

「これ食べました？　ヴェルナーさんが作ってくれたんですけど、すっごく美味しそうで」

「ああ、まだ食べてないや」

「取りに行ってきましょうか？　ルカさん、お腹空いてましたよね」

「他のを食べてるから、いいよ」

「他のって、いったい何を――」

不思議に思ったマリーが首を傾げていると、ルカは自らの傍にあったお皿をひょいと持ち上げた。

そこに載っていたのは、今朝マリーがルカの部屋に置いていったサンドイッチで――と気づいた途端、あわわわと動揺する。

「そ、それ、もう乾燥してぱっさぱさになってません……!?」

「うん。口の中の水分すっごい取られる」

「す、すぐにヴェルナーさんのご飯貰ってきます！　とりあえず私の分を――」

するとと今にも立ち上がろうとしたマリーの腕を、ルカがぱしっと掴む。

「いいんだ。これで」

「で、ですが……」

「これがいい。……君が作ってくれたものだから」

「それって……」

前髪に隠れがちなルカの瞳が細められ、マリーは顔がじわじわと熱くなるのを感じていた。

そこでルカが付け足すようにぼそりと呟く。

「だって『呪い』にかかるの、嫌だし」

「……はい？」

「今日は無理だろうけど、明日の朝食は君が作った方がいいと思うよ」

「ど、どういう意味ですか？」

するとルカは、乾ききったサンドイッチを口に運びながら何気なしに答えた。

「だって君の料理、《応援》の効果が付与されてるし」

「応援の効果が付与、と言いますと……」

「最初はただ美味しいからかなって思ってたんだけど。多分君、料理しながら無意識に《応援》の魔術を使ってるんだと思う」

「……⁉」

マリーは慌てて自身の両手を開いて見つめる。

しきりに首をかしげていると、もぐもぐと口を動かしながらルカが続けた。

「あの魔獣、ジェレミーから『呪い』に気をつけろって言われてなかった？」

「い、言われました！　でもミシェルさんに聞いたら、みんなそれらしき怪我は残ってないって……」

「それさ、ずっと君の料理を食べていたからだよ」

「私の料理……？」

「そ。君の《応援》が付与された料理を毎日食べてたから、みんな自然と『呪い』が解けて、なんともなかったってだけ。多分、傷とかの治りも早くなってたんじゃないかな」

「それは……確かにそんなことを言われたこともありましたが……。でもまさか、料理に魔術が混じっていたなんて……」

「良かったじゃん。もし『呪い』にやられてたら、多分この騎士団三日で壊滅《かいめつ》してるよ」

（ひ、ひいい……‼）

とんでもないことを言われ、マリーは今になってがたがたと震えあがる。

だが改めて自身の手を見つめると、どこか嬉しそうに目を細めた。

(でもそっか、私、魔術が使えたんだ……)

努力する誰かに力を与え、その傷を癒《いや》す《応援》。

まるで前世の仕事がそのまま形になったかのような魔術に、マリーはたまらず微笑んだ。

(……でもさすがに、呪いと聞いて放置は出来ないかな……)

何か簡単なものでも作ろうかと、マリーは花壇の縁から立ち上がろうとする。

すると足元でおとなしくしていたジローが、何やら意味ありげに尻尾を振ったかと思うと、勢いよく膝、そしてルカの頭へとジャンプした。

「うわっ⁉ 何！」

「ジロー⁉ だめよ！ 下りなさい！」

咄嗟に頭を振った反動で、ルカのフードがするりと後ろに落ちる。

「大丈夫ですか？ 怪我は——」

じたばたと暴れるジローを確保したマリーだったが、顔を上げた直後、その場に凍りついた。

何故ならフードを取ったルカの素顔が——それはもう恐ろしいほど整っていたからだ。

「……？ どうしたの」

「へ⁉ い、いえ、あの、ルカさんって、……すごい綺麗な顔だったんだなって」

「……」

それを聞いたルカは、途端に眉をひそめた。

「……別に」

「ル、ルカさん？」

「僕、もう行くね。……明日からはちゃんと、食堂に食べに行くから」

そう言われるのが嫌だったのに……とぶつぶつボヤキながら離れて行くルカの背中を、マリーはぽかんと見送る。

だがすぐにはっと意識を取り戻すと、ジローを抱きしめて気合を入れ直した。

（とりあえず、早くみんなの『呪い』を解かないと！　でもその前に――）

ほくほくの芋と一緒に『トット・ラ・ジュルネ』を口に運ぶ。

食欲をそそる香りとぴりっとした辛さ、ほろりと溶ける角切りの牛肉がマリーの疲労と空腹をしっかりと癒してくれた。

「おいしい……！」

そんなマリーを前に「くれるの？」とばかりに見上げてくるジローにだめだめと首を振ると、マリーはもう一口だけ、勝利の味を噛みしめるのだった。

第五章　いざ、夢の大舞台へ！

早朝、肌寒さを感じたマリーは自室のベッドで目を覚ました。

ぼんやりと霞む視界で窓の外を見る。庭の木々は枯れ、空には今にも雪を降らせそうな分厚い灰色の雲が広がっていた。もうすっかり冬の様相だ。

（すっかり寒くなったわ……外出用の外套《コート》を買ってこないと）

洗面器の水で顔を洗うと、いつもの衣装に着替えて食堂に向かう。

厨房で朝食の仕込みをしていると、今日の食事当番であるルカが姿を現した。

「おはよ。何を手伝ったらいい？」

「じゃあこっちの葉野菜を洗ってくれる？」

手を浸すだけでも冷たい水の中で、ルカは黙々と葉をちぎっていく。格子状になった木の器に入れて水分を払い落としながら、マリーに向かって話しかけた。

「そういえば例の魔獣退治、ようやく報酬が出たみたいだね」

「はい！　事後処理の確認にだいぶ時間がかかりましたけど……」

ルカが魔術を取り戻すきっかけとなった、魔獣の大量発生事件。

彼の活躍により魔獣たちは殲滅《せんめつ》され、なんとか依頼を達成することが出来た。

ただあまり類を見ない魔獣化だと騒ぎになり、任務終了後、魔術師団から人が派遣される事態に発展したのだ。

「ジェレミーさん、なんか楽しそうでしたね」

「あの人、魔獣がとにかく好きなんだ。部屋で飼ってるくらいだし」

「かっ……飼ってる？」

騎士団同行のもと、ジェレミーたち魔術師はハクバクの森を隅から隅まで探索した。

だが魔獣の発生源足りえるような魔力溜まりもなく、死骸にもこれといった特徴は見られなかったらしい。

最終的にマリーを含んだ団員全員に、透明な石のようなものを握らせて調査は終了した。

「そういえば最後に持たされた石、あれってなんだったんですか？」

「ああ、あれはサージュって鉱石だよ。僕たちは『賢者《けんじゃ》の石』って呼んでた」

「賢者の石……」

「その人が持つ魔力の量や質、特性なんかを調べる時に使うんだ。魔力はかなり個人差があるし、何かしら一定の基準を設けないといけないからね」

「なるほど……」

大量のスクランブルエッグを皿にとりわけながら、マリーはうーむと首を傾げる。

（いったいあの魔獣たちは、何が原因であんなふうになってしまったのかしら？）

やがて早起きのミシェルがいちばんに訪れ、焼きたてのパンやサラダを皿に取った。

その後も「おはよー」「今日の仕事なんだっけ」などと言いながら、他の団員たちが朝食の席にやって来る。最後にようやく、寝起きの不機嫌さを全開にしたユリウスが姿を見せた。

「これで終わりかな。じゃあ、僕もそろそろ行くね」

「はい！　ありがとうございました」

全体の片づけを終えたあと、任務に赴くというルカを見送る。

騎士団にはあれからぽつぽつと仕事が舞い込むようになり、今日は全体を二つに分けてそれぞれの別の依頼をこなすらしい。

迷い犬か迷い猫の依頼しかなかった以前に比べれば、本当に目覚ましい進歩である。

（この調子でいけば、いつか《狼》騎士団が『王の剣《エペ・ドュ・ロワ》』に選ばれる日も――）

すると玄関先で、ジローが激しく吠え立てる声がした。

餌はさっきあげたはずなのに……とマリーがロビーに向かうと、そこには純白の制服に身を包んだ《獅子》騎士団の姿があった。先頭にはそのリーダーであるクロードが立っている。

「ええと、クロードさん？　すみません、みんなさっき出たばかりで」

「用があるのはあなたです。サガラ・マリー」

「え？」

そう言うとクロードはマリーの前に立ち、そっと両方の手を握りしめてきた。

突然のことに理解が追い付かないマリーは赤面し、当然パニックになる。

(な？　え？　どういうこと⁉)

だが次の瞬間、その手首に金属で出来た円環が嵌《は》められた。

これはもしかしなくても――

「手錠⁉　えっ、ど、どうして⁉」

「マリー、君を『魔獣化』の犯人として拘束《こうそく》させてもらう」

「は、犯人⁉」

「詳しくは神殿で。それでは行きましょうか」

そう言うとクロードは、手錠に繋がった鎖を掴んだままマリーに背を向けた。

たまらずその場に踏みとどまろうとしたマリーだったが、後ろから睨みを利かせてくる部下たちの迫力に負け、びくびくと仕方なく彼のあとに続く。

(私が犯人って、どういうことー⁉)

神殿に連行されていくマリーを、ジローだけがくうんと寂しそうに見つめていた。


がしゃん、と重々しい音とともに牢の扉が閉められる。

マリーは慌てて立ち上がると、外部とを隔てる鉄の格子を掴んだ。

「あの！　何かの間違いです！　私、魔獣化なんてしてません！」

がちゃがちゃと耳障りな金属音に顔をしかめつつ、強面の牢番が怒鳴る。

「あーうるさいうるさい、こっちには証拠もあるんだ！」

「証拠⁉」

「例の魔獣から『白』の魔力残滓《ざんし》が採取され、お前からも同じ『白』の魔力が出たそうじゃないか！　これ以上の証拠がどこにある！」

「そ、そんなはず……」

だが『白』という単語に覚えがあったマリーは、すぐさま口をつぐんだ。

（でも私、魔獣化なんて絶対してない！）

身に覚えのない容疑に、マリーは鉄格子を握っていた手にぎゅっと力を込める。

すると出入り口の方から若い牢番が姿を見せた。

「失礼します！　隊長、クロード様が来週行われる『扈従《こじゅう》の儀』の警備計画について相談があるとのことで」

「ああ分かった、すぐに行く」

隊長と呼ばれた牢番は呆然《ぼうぜん》とするマリーを睨みつけると、ふんっと鼻から息を吐き出した。

「悪いが忙しいんだ。いま神官様たちが最後の調査を進めている。それが確定すれば、すぐにでも処分が下るだろう」

「本当に誤解なんです！　私は何も――」

だが必死に論駁《ろんばく》するマリーを残し、牢番はその場を立ち去ってしまった。

マリーは諦め悪くその後も何度か格子を揺さぶってみたが、頑丈《がんじょう》な造りなのかびくともしない。

牢の出入り口を閉ざす錠前ががちゃんと冷たい音を立て、マリーは絶望のまま俯いた。

（どうしよう……。もし、私がしたって罪を着せられたら……）

この世界に弁護士などいない。

もしも誤解されたまま、犯人にされてしまったら――

（処分って言ってた……。私このまま……殺されてしまうの？）

石造りの冷たい牢にひゅうと隙間風が吹き込む。

その凍えそうな薄暗がりの中、マリーは恐怖とも寒さとも分からぬ震えに襲われた。

○　○　○

同時刻、《狼》騎士団の食堂でユリウスの怒号が響き渡った。

「ふざけるな！　こんな横暴が許されると思ってるのか!!」

「落ち着いて聞いてほしい、ユリウス。だが本当だ。彼女の――サガラ・マリーの魔力が、魔獣化の原因かもしれないという報告が議会に提出された。これはそれを受けての処置なんだ」

だがユリウスの怒りは収まらず、そのまま説明に訪れたクロードの胸倉を掴み上げる。

「人ひとり拘束するのに書状も事前伝達もなしだと？　随分と舐められたものだな」

「特例だ。彼女自身が意識していなくとも、何らかの作用で魔力が漏れ出したという可能性もある。このまま放置して、また同じような魔獣化事件に繋がったらどうする」

「……っ」

言葉に詰まったユリウスの背後には、落胆、もしくは怒りに打ち震える団員たちの姿があった。

するといちばん奥の壁にもたれていたヴェルナーが、はっと鼻で笑う。

「かもしれない、だけで簡単に捕まえるのか。さすが《獅子》騎士団。王家の犬だな」

「ヴェルナー……」

「事情は分かった。とりあえず、あの子が事件とは関係ないことを証明すればいいんだろう？」

「それはそうだが……出来るのか？」

「さあね。ただあんたの言いなりになるのは、なんか腹が立つんで」

鋭くねめつけるヴェルナーを見て、クロードはわずかに下唇を噛みしめた。

だがすぐに息を吐き出すと、改めてユリウスに向き直る。

「彼女については以上だ。もう一件、《狼》騎士団に依頼がきている」

「依頼だと？」

「来週、聖女リリア様が『扈従《こじゅう》の儀』を行う。その周辺警備を担当してもらいたい」

「扈従……？　なんだそれは」

「遥か昔、北方の村で行われていたという儀式だ。動物を自らの支配下におき、隷属《れいぞく》させる」

隷属、というただならぬ言葉にユリウスが眉を寄せる。

「神殿が擁《よう》する『聖女様』――彼女たちに『奇跡の力』があることは君も知っているだろう？　当代の聖女リリア様は、とかく『生き物に愛される』力をお持ちなんだ」

「それがどうして儀式という話になる」

「その力を知った貴族の一部から、陛下に進言があったんだ。その能力を生かし――ドラゴンを使役出来るようになれば、大々的な国威発揚になるのではないかと」

「ドラゴンだと……⁉」

まさかの対象に、さすがのユリウスも目を見張った。

ドラゴンといえば、その攻撃力・防御力とも最強を誇る動物だ。

成体ともなれば体長は三階建ての建物を優に超え、その立派な鉤爪《かぎづめ》や巨大な尻尾が触れただけでも致命傷となる。なにより恐ろしいのが、口から吐き出されるその焔《ほのお》で――

「正気か⁉　捕獲するだけで何人犠牲が出ると思っている！」

「当然、捕らえたのは幼体のドラゴンだ。今エルランジュから運んでいる」

「調教できる保証はあるのか？　下手をすれば王都全域に甚大《じんだい》な被害が出るぞ⁉」

「聖女様のお力は、わたしも何度もこの目で確認している。あれは本物と見て間違いない」

やがてクロードは儀式当日の人員配置や警備計画などを置いた資料を残し、騎士団寮を立ち去った。しばらくして、団員たちの中から不安そうな声が上がる。

「リーダー……。マリーちゃん、もう帰って来れねえのかなあ……」

「馬鹿を言うな。あいつが魔獣化の原因なわけないだろう」

「でも魔力が一緒って言ってたし……。このままだと処刑とかされちゃうんじゃ……」

その言葉に、食堂内の空気がさらに一段冷え切った気がした。

ユリウスは「馬鹿馬鹿しい」と首を振ると、クロードが残していった資料を掴む。

「全員、明日からも従来通り依頼をこなせ。今月はまだ目標数《ノルマ》に達していない」

「で、でも……」

「ただし終業後、先日の魔獣退治で気づいた事項があれば逐次《ちくじ》俺に報告しろ。またハクバクの森を含む現地の調査、市民への聞き込みも許可する」

「！　マリーちゃんが無実だって証拠を探すんですね⁉」

「違う。これは他に可能性がないかの裏付け調査だ。万が一、魔獣化の犯人が別にいて野放しにされていたら、被害はまた拡大する。その危険性を排除したいだけだ」

口では違うと言いつつも、結局はマリーの安否を心配していると分かり、感極まった団員たちの一部が「リーダー‼」とユリウスに抱きついた。

その賑わいの最中、こっそりと席を立ったルカにミシェルが気づく。

「ルカ？　こんな時間にどこいくの？」

「ちょっと散歩。鍵は持って出るから閉めてていいよ」

「う、うん……」

猫のようにふらっと出て行ったルカを見つめ、ミシェルはそのまま視線を窓の外に動かした。

寒気を孕んだ雲が空を覆い尽くしているためか、月も星もまったく出ていない。

（マリー……）

全身を凍り付かせるような冬の風が、かたかたと細かく窓枠を揺らしていた。

○　○　○

深夜、三階にある部屋の窓をコンコンと叩く音がした。

机上《きじょう》にあるわずかな明かりのもと、真っ白に染まったサージュを睨んでいたジェレミーは、いったい何だと椅子から立ち上がる。

カーテンを開けると、そこにはかつての後輩・ルカの姿があった。

「ここは入り口じゃないぞ」

「ちょっと聞きたいことがあって」

窓を開けて外を覗き込むと、ルカの魔術で作り出された土の階段が、壁面に添うようにして三階のジェレミーの部屋にまで伸びていた。

よっと窓枠を乗り越えて入ってきた後輩を前に、さして驚くことなく口を開く。

「魔術、使えるようになったのか」

「うん。ちょっと前から」

「ならとっとと戻ってこい。魔術師団はいつも人手不足なんだ」

だがルカはそんなジェレミーの言葉に、うーんと苦笑した。

「悪いけど、今日はそんな話をしに来たわけじゃないんだ。例の魔獣化事件、マリーが犯人だって先輩が報告したの？」

「何故そう思う」

「この前騎士団のみんなに魔力測定をやったでしょ。マリーの魔力を採取するとしたら、その時くらいしか機会はないし」

そう言いながらルカはジェレミーの机に歩み寄り、転がっていた白いサージュを指先で持ち上げた。ためつすがめつそれを眺めるルカを見て、ジェレミーは「はっ」と両肩を上げる。

「まあそうなるわな。一応反論しておくが、言い出したのはおれじゃない」

「じゃあ誰？」

「おれが提出したのは、魔獣《サンプル》から抽出された魔力データ。そして《狼》騎士団全員の魔力測定の結果だけだ。たしかに魔獣からは『白』の魔力残滓が検出され、あのお嬢ちゃんからも高濃度の『白』の魔力が確認された。……だがお前も知っている通り、本来それだけでは『同じものである』

という証拠足りえない」

「知ってる。『白』はあくまでも四大要素に該当しない魔力を指すもので、その魔術効果は全部バラバラだもんね。だからこそ――どうしてマリーが犯人として検挙されたのかが疑問だった」

フードの奥からじっと睨みつけてくる後輩の圧に負け、ジェレミーがちっと舌打ちする。

「おそらくだが……上層部に、例の魔獣化について探られたくないやつがいる」

「その人が真犯人を庇うために、マリーを無理やり犯人に仕立て上げたってこと？」

「ああ。現場に都合よく『白』持ちがいたから、そこに擦《なす》りつけようってことだろう」

それを聞いたルカは、手を口元に添えて考え込む。

「それならマリーの魔術が『魔獣化』の効果を持つものではない――ってことをきちんと証明できればいいのかな」

「それは一つの手だろうが……あのお嬢ちゃん、魔術が使えるのか？」

「今までにない系統だから断定は出来ないけど……。対象者の能力増強、さらに肉体修復、改良、強化……って感じかな。僕はとりあえず《応援《エール》》って呼んでる」

「！　術を受けたことがあるのか」

「うん。でも『魔獣化』に該当しそうな精神作用はなかったと思う」

ルカはかつての記憶を辿るように、自身の手を見つめた。

「とにかく、マリーは魔獣化なんてしていない。何か助ける方法はないの？」

「残念ながら、捕えていたサンプルは既に魔力を喪失している。おそらく生息地を長く離れたせいだろう。その上、残りはお前たちが完全に討伐してしまったので、今となっては詳細なデータを集め直すことも出来ない」

「そんな……」

「あるとすれば、別の容疑者——真犯人を探し出すことだ。そいつの魔術が『魔獣化』、ないしはそれに類する効果を持つことを明らかにすればいい」

「別の……って言ったって、魔獣化なんて特殊な魔術、どう考えても『白』の魔力を持つ人間にしか出来ない芸当でしょ。そもそも『白』持ち自体珍しいのに、そうそういるはずが——」

するとジェレミーが、マスクの上からのぞく目をにっと細めた。

「一人、候補ならいるぞ」

「誰⁉」

「確証はないが——おれは『聖女』がそれだと睨んでいる」

「聖女……」

その単語を聞いたルカは、すぐに脳内の辞書を繙いた。

王家の良き相談役として、古くから高い地位を築き続けてきた神殿。

そこに属する神官たちが擁する乙女のことだ。

異界より現れ、女神の使者とも称される彼女たちは、皆不思議な力を有しており——神官らの庇護のもと、王とこのアルジェントを助ける役割を担《にな》うという。

するとジェレミーが、本棚にあった一冊の本を引き抜いた。

「これはとある神官の手記だ。過去に実在した一人の聖女の動向を記録したものだが――ここで『奇跡の力』と呼ばれているものはすべて、魔術ではないかとおれは推測している」

「奇跡の力が魔術……となると、聖女って」

「ああ。要は『白』の魔力を有した魔術師のことだろう。奴らはそれを『奇跡の力』と詐称し、神格化させているんだ」

魔術は、古くからこのアルジェントで使われている技術の一つだ。

使用する魔力量、術式、魔術効果――そのすべては文字と数値に書き起こされるもので、例えば「人を生き返らせること」や「時間を止めること」といった『現実に起こりえないこと』は絶対になしえない。

だが神官たちが崇める聖女たちに、そうした制限はないとされている。

もちろん個々の能力は異なるが、どの聖女も魔術ではとうてい起こりえない『奇跡』を起こし、なおかつ魔力量は関与しない――まさに神の御業《みわざ》だと言われていた。

「もし本当に『聖女の奇跡』がただの『魔術』なら……。魔力が、賢者の石に反応するはずだよね。そこから調べればどんな能力かだって――」

「そう簡単に言うな。おれだって何度も確かめようとした。だが出来なかった」

「出来なかった？」

「聖女は神殿が保護する最重要人物だ。どこを出歩くにも《獅子》がべったり。居住区にすらまったく近づけん。まあ、おれのこのなりでは不審人物と思われても無理はないがな」

「そんな……」

「だいたい、『奇跡の力』がただの『魔術』だなどと公の場で口にしてみろ。神官たちが激怒して、お前まで牢屋にぶち込まれるぞ」

「……」

神秘のベールに包まれた聖女と奇跡の力。

それが単に魔術の一派生でしかないと判明すれば、神殿はその権威を失墜《しっつい》するだろう。王の懐刀《ふところがたな》としての立場も危うくなり、このアルジェント自体が揺らぐことも考えられる。

でも、とルカは眉をひそめた。

「もしも本当にただの『魔術』なら、なおのこと正しい取り扱いを覚えないといけない。理論も手順も知らずに適当にやれば、それこそ不足の事態を引き起こすことだってある」

「だから落ち着けって。お前の言うことはよーくわかる。だがそもそも聖女が魔術師だという証拠はない。神官らに問いただしたところで、無視されるか突っぱねられるだけだ。せめて聖女が『白』の魔力を有しているという、客観的な事実でもあれば別だが――」

するとルカは窓際の机に近づくと、いちばん上の引き出しを勝手に開けた。

眉を寄せるジェレミーをよそに、未使用の透明なサージュを一つ取り出す。

「僕がやる。要は聖女が『白』の魔力を持ってる、って証明出来ればいいんだよね」

「それはそうだが……」

「先輩は別の方向から調べてほしい。魔獣は倒しちゃったけど、それ以外にも聞いた話で気になるものがあったんだ」

そう言うとルカは、団員たちとの雑談で耳にした「暴走馬車事件」のことを説明した。

ジェレミーは、すべて聞き終えたあと「はあーっ」と疲れ切った息を吐き出す。

「分かったよ。厩《うまや》くらいならまあ、近づけるだろ」

「……ありがと」

「この借りは高いからな」

こうしてルカは話を終えると、入ってきた窓辺に再び靴裏をかけた。

地上に続く階段を下りていくその背中に、窓から顔を出したジェレミーが声をかける。

「お前、変わったな」

「何が？」

「前は魔術の研究さえ出来れば、他のことはどうでもいいって感じだったのに」

その問いに、ルカはしばし沈黙した。

だがすぐに振り返ると、フードの下で静かに目を細める。

「今、他の武器を探してる最中だから」

「武器？」

「じゃあね、先輩」

疑問符を浮かべるジェレミーを残し、ルカはそのまますたっと地表へと着地した。

途端にどさっと細かい砂の山に変貌した階段を地面に戻しながら、ルカは聖女が暮らしているという王宮の奥——神殿の方角を見つめる。

（さて……どうしようかな）

冷たい空気の中——ルカは白い息をはあっと吐き出すと、そのまま夜闇《やあん》に消えていった。

マリーが拘留《こうりゅう》されてから、一週間が経過した。

しかし団員たちの調査も虚《むな》しく——マリーが無実であるという証拠は集まらなかった。

（どうしよう、まだマリーが捕まったまま……。それに——）

人気《ひとけ》のない王宮の中を、ミシェルは一心不乱に駆け抜ける。

普段は市民が出入りしている広場も封鎖され、斡旋所で働く書記官たちも今日だけは暇を言い渡されていた。

今日は、聖女・リリアが『扈従《こじゅう》の儀』を行う日。

儀式が行われるのは、王宮でも最奥に位置する屋外型の祭殿。

王族たちが一年を通して儀礼や式典に使用する場所だ。

祭壇の周囲には観覧席もあり、王族と侯爵以上の高位貴族、そして聖女の後見人である神官たちが集められていた。

彼らは「聖女はどれほど美しいのか」「奇跡の力によって狂暴なドラゴンが服従する様を一目見たい」「これで我が国は安泰」などと、なかば見世物を前にしたかのように早々に談笑を繰り返している。

その舞台や会場内を警備するのは、アルジェントが誇る《獅子》騎士団——そして闘技場のような分厚い壁を隔てた外周部分に《狼》騎士団が待機していた。

やがて団員の一人が不満の声を上げる。

「リーダー、俺ら必要ですかね？」

「中は《獅子》の奴らがぎっしりだし、何もすることなんかないんじゃ……」

「黙れ。儀式の間、誰もここに立ち入らないよう見張っていろ」

ユリウスから一喝《いっかつ》され、団員たちは人っ子一人いない敷地を前にはあーとため息をついた。

やがて息を切らせたミシェルが現場に到着する。

「ユリウス、だめだ。やっぱりどこにも見当たらないよ。一応『今日は寮で待機してて』って書き置きは残したけど……」

「ったく、ルカの奴……」

マリーが連行された日の夜から、何故かルカが姿を消した。

最初は「また部屋に引きこもったのか」と激怒していたユリウスだったが、どうやら部屋にも不在らしく、夜も寮に戻って来ている様子はない。

魔術が使えるようになったので、また転籍を希望しているのかもしれない、と念のため魔術師団にも連絡を取ったが、そちらにも来ていないそうだ。

「あいつは……いったいどこをほっつき歩いている？」

するとほっつき歩く元代表・ヴェルナーがげんなりした顔つきで現れた。

「オレも待機が良かったなあ……」

「今回は警備の範囲が広い。団員総出で当たる必要がある」

「どうせお偉い方は『《獅子《リエフ》》』がいれば大丈夫』って思ってるんだからさー。多分、オレたちなんてここにいることすら気づいてないって」

「存在を主張するのが仕事ではない。俺たちがすべきなのは外部侵入を防ぎ、祭壇で行われる儀式を無事に完了させることだ」

生真面目《きまじめ》に答えるユリウスを見て、ヴェルナーはこっそり「うへえ」と舌を覗かせる。

するとそこで、会場の奥を見つめているミシェルに気づいた。

「ミシェル、どうした？」

「え⁉　あ、ええと……マリーが捕まってるの、あの辺かなって」

「あー……確かにそうだな。しかしどうしてまた、裁判所や普通の獄舎じゃなくて、神殿に連れて行かれたのかね」

「おれもそれが、ずっと疑問で仕方ないんだ……」

仕事の合間を縫って調べたところ、マリーが捕らえられているのは神殿内にある牢獄であることが分かった。だがそこは政治犯や国王弑逆《しいぎゃく》を企《くわだ》てた極悪人らが留め置かれる場所で、とてもではないがマリーに掛《か》けられている容疑にはそぐわない。

しかし神官らに説明を求めても、何も口外できないの一点張りだ。

「今、オレの友達にも色々調べてもらってるからさ。一人で抱え込むなよ、ミシェル」

「うん……ありがとう。ヴェルナー」

やがて会場に続く扉の前に、巨大な檻《おり》が運ばれてきた。

中には幼体というのが嘘《うそ》に感じられるほど立派なドラゴンが入っており、鋭い牙を剥き出しにしてがきん、がきんと鉄の格子に噛みついている。

門前の団員たちが通行証を確認したあと、檻はゆっくりと会場の中へ引っ張られて行った。

その様子を見守っていたユリウスが、ひとり言のように呟く。

「本気でドラゴンを隷従させるつもりなのか……」

「そんなこと、本当に出来るのかな」

「分からん。だが仮に手懐《てなず》けられれば、他国の魔術師たちには相当な脅威《きょうい》となるだろう」

「どういうこと？」

「魔術師にとってドラゴンは『天敵』だからだ。実際どれだけドラゴンによる被害が出ても、魔術師団が討伐に赴くことは絶対にない。今回、ルカを外したのもこのためだ」

「それってどうして――」

ミシェルが聞こうとした言葉は、壁の向こうから聞こえてきた歓声と、割れんばかりの拍手によってかき消された。

どうやらようやく登場したドラゴンの姿に、観客たちが興奮しているようだ。

「全員持ち場につけ。儀式終了まで警備を続行する」

「はっ！」

ユリウスは出入り口の閉鎖を確認すると、改めて団員たちに告げる。

頭上には高い青空が広がっていたが――ミシェルは、名状しがたい不安に襲われていた。

（マリー……大丈夫かな）

○ ○ ○

苛々した様子で唸るドラゴンが壇上に運ばれ、向かいの椅子に腰かけていたリリアは優雅な所作《しょさ》でゆっくりと立ち上がった。

今日の衣装は、絹布に銀糸や金糸を織り込んだ純白のドレス。

聖女の気品を引き立たせるように作らせた特別製だ。

（わっ、ほんとにドラゴンだ！　映画で見る奴みたい。すっごいリアル～）

前世では、物語の中でしか見たことのなかった生き物。

それが今まさに、リリアの目の前で牙を剥いている。

だがリリアはその様相に怯えるどころか、ぞくぞくとした高揚感に包まれていた。

（異世界、最っ高～！）

今際《いまわ》の際《きわ》、女神を名乗る女性が現れたことで、憧れの『異世界転生』だとすぐに分かった。

中世ヨーロッパのような別の世界に転生して、とんでもない力で強い敵を倒したり、元の世界の知識を活用して領地を改革したり、びっくりするようなイケメンから溺愛《できあい》されたり――そんな話を通学電車の中で何個も何個も何個も飽きることなく読んできた。

だからこれは、前世で頑張っていたわたしに与えられた『ご褒美』なんだって。

「それでは聖女様、『扈従《こじゅう》の儀』をお願いいたします」

「うん、任せて～！」

神官長に言われるままとことこと足を進め、ドラゴンの檻の前に立つ。

ちらりと舞台の端に目をやると、《獅子》騎士団のリーダーであるクロードと目が合い、まるで応援されるかのようににこっと微笑まれた。途端にリリアの頬がぽっと赤くなる。

（今日もかっこいい……！　よーし、終わったらクロードに褒めてもらおっと！）

いつものように胸の前で両手を組む。

何がどうなっているのか、正直よく分かってはいない。

ただリリアが動物の前でこうやって祈ると、何故かみんな即座に大人しくなり、リリアの命令に何でも従うようになるのだ。

初めてこの力を使った時、神官たちは驚愕し「奇跡の力だ」と称賛した。

それを聞いたリリアもまた「自分にはすごい力がある」と感激したものだ。

（でも当然よね。だってわたしは選ばれし『聖女様』なんだし！）

得意になったリリアはそれからも、求められるたびに動物たちを支配下に置いた。

最初は小さな鳥、ネズミ、ウサギ……慣れてくると猪《いのしし》や狼、果ては蝙蝠まで持って来られたことがある。だがリリアが力を使うと、どの子もあっという間に大人しくなった。

そうしてついにドラゴンを、と神官長からお願いされたのだ。

（あなたも絶対、わたしの言うことを聞くようになるんだから……）

目を瞑《つぶ》り、適当に念じる。いつもであればすぐに鳴き声を発さなくなる——のだが、ドラゴンは鳴き止むどころかいっそう激しく咆哮《ほうこう》し始めた。

普段と違う様子に困惑したリリアは、眉を寄せ再び強く祈る。

（どうしたのかしら……。ほら、聖女様の言うことを聞きなさい！）

だがやはり沈静化の兆《きざ》しは見えず、観客席からは疑惑の声がぽつぽつと上がり始めた。

そのうえ、ドラゴンが暴れるたびに、檻が少しずつ歪《ゆが》んできている気がして、恐ろしくなったリリアはさらに必死になって心の中で呼びかけた。

（ちょっと！　どうして大人しくしないの⁉　もう嫌い！　なんなのこいつ――）

リリアの額には汗が滲み、ぞわぞわとした嫌な感覚が体内を駆け巡る。

するとその瞬間、杭《くい》が突き刺さったような激しい痛みが心臓に走り、リリアはうっと胸元を押さえた。壇上で座り込んだリリアの元に、神官長とクロードが慌てて駆け寄る。

「聖女様⁉　いったいどうなさったので――」

だが彼らの背後で、突如バキッという破砕音が響いた。

神官長が恐る恐る振り返ると、大きく歪曲《わいきょく》した格子の隙間からドラゴンがずるりと這い出てくる。すぐさま貴婦人方の悲鳴が響き渡り、会場内は一気にパニックになった。

「皆さん、落ち着いてください！　団員の指示に従って、すぐに避難を――」

クロードの必死な指示も貴族らには届かず、皆我先にこの場を離れようと出入り口へと駆け出した。ひしめく人の群れに《獅子》騎士団員たちも完全に対処出来なくなっている。

そんな彼らをあざ笑うかのように、檻から抜け出したドラゴンは背中の両翼をバサッと広げた。

全身を覆う真っ黒い鱗。赤い瞳に、縦に細長い瞳孔《どうこう》。

ドラゴンはそのまま悠然《ゆうぜん》と上空に舞い上がったかと思うと、苦しむリリアの真上に移動し――大きく首を巡らせると、彼女めがけて勢いよく青い焔《ほのお》を吐き出した。


同時刻。

突然会場内から出てきた観客たちを前に、《狼》騎士団員たちは混乱していた。

「リ、リーダー！　入れるなとは言われたが、出て行くのはいいのか⁉」

「いいから怪我人が出ないよう、とっとと避難経路に誘導しろ！」

「つーか会場内でものすごい音がしてるんだが、大丈夫なのか⁉」

「知らん！　今はここの安全確保が先だ！」

「で、でも、か、壁が……それに塔も……。――あっ‼」

何かに驚く団員の声に、ユリウスは苛立ちのまま上空を仰ぐ。

目に飛び込んできたのは、上空で骨ばった両翼をばさりばさりと羽ばたかせる、獰猛なドラゴンの姿。ドラゴンは硬い身体を何度も外壁に打ちつけており、それによって飛び散った瓦礫が周辺の建物を破壊していく。

やがて《獅子》の面々が、観客らに混じって会場外に逃げてきた。

「お前たち、中の警備はどうした！」

「ドラゴンが檻から逃げた！　儀式は失敗だ！」

「お前たちも早く逃げろ、ここにいたら危険だぞ！」

その会話を聞いていた団員たちは、蒼白になってユリウスの判断を待つ。

「リーダー、ど、どうしましょう⁉」

「相手がドラゴンじゃ……。きっと放っておいたら空に逃げますって」

「しかし……」

するとミシェルが突然会場の方に向かって走り始めた。ユリウスが慌てて制止する。

「ミシェル！　どこに行く気だ！」

「まだ中に人が残ってるかもしれない！　それに崩れた塔が、神殿の方に倒れて――」

「神殿……」

その言葉が意味することにユリウスはすぐに気づいた。

だが団員たちの命を守るべきだという理性が干渉し、普段のような素早い判断が出来ない。

するとひょっこり現れたヴェルナーが、悩めるユリウスの肩をがしっと掴んだ。

「おーおー、熱いねえ青少年は」

「ヴェルナー！　貴様、何をのんきなことを」

「それよりいいの？　他にも行っちゃった奴いるけど」

「何⁉」

慌てて顔を上げると、同じく事情を察した団員たちが次々とミシェルのあとを追っていく。

その行動を目にしたユリウスは「はあーっ」と今までで最大級の嘆息を漏らすと、残っている団員たちに命令した。

「ここにいる者は避難者の誘導。同時に外部からの接近を禁止してくれ」

「わ、分かりました！」

「会場内に逃げ遅れた奴がいないか探してくる。あと《鷲《アリオル》》、《鹿《エルエーニ》》に協力を要請してこい」

りょーかい、と敬礼しつつ朗らかに返事をしたヴェルナーの首根っこを、今度はユリウスががしっと鷲掴む。

「お前はこっち側《現場》だ」

「えっ⁉　何で⁉」

「その弓で、ドラゴンの注意をそらせ」

「そんなー⁉」

有無《うむ》を言わさぬ力強さで、ヴェルナーはずるずると会場へと運ばれていった。

○○○

とてつもない轟音《ごうおん》にマリーは思わず両耳を塞いだ。

急いで外の様子を探ろうとするが、壁にある小窓の位置が高すぎて何も見えない。

（いったい、何が起きているの……？）

すると先ほどより大きな爆音とともに、マリーの閉じ込められていた牢獄が激しく振動した。

危険を察した牢番たちは一目散に退避し、放置されたマリーは思わず鉄格子を掴む。

「あの！　逃げるなら私も出してもらえませんかね⁉」

だがあっという間に人っ子一人いなくなり、遠くでどおん、どおんと響く地鳴りにマリーはいよいよ自身の終わりを覚悟した。

（まさか二回目は獄中だなんて……）

走馬灯《そうまとう》のように《狼》騎士団で過ごした日々が思い出される。

こちらに来たばかりで、何も分からなかったマリーに優しく接してくれた団員たち。世話係でいることを許してくれたユリウス。騙されそうなところを助けてくれたヴェルナー。身を挺《てい》して守ってくれたルカ。そして——

（最期《さいご》に——ミシェルさんに、ありがとうって言いたかったな……）

彼のおかげで、自分は前世で諦めた夢にもう一度挑戦しようと思えた。

本当は、《狼》騎士団が『王の剣』に選ばれるまで一緒にいたかったが――この状況で、誰かが助けに来てくれることはないだろう。

やがて一際《ひときわ》大きな何かの鳴き声のあと、砲弾のような爆音が牢獄の壁を揺らした。

その後も謎の攻撃は幾度となく繰り返され、マリーは牢の片隅で必死になって身を縮める。体は恐怖でがたがたと震えており、たまらずぎゅっと目を瞑った。

(怖い――)

直後、今までいちばん大きな衝撃とともに、マリーのいた牢の半分が崩壊した。

どうやら向かいにあった塔が倒れてきたらしく、今はもうもうと砂埃《すなぼこり》を巻き上がらせながら、折れた巨木のように横たわっている。

壁際にいたマリーは恐る恐る立ち上がると、慎重にその傍に近づいた。

「もしかして、ここから逃げられる……?」

ぽっかりと開いた天井からは綺麗な青空が広がっており、マリーはすぐさま牢屋からの脱出を試みる。勝手に逃げ出していいのだろうかという不安はあったが、ここにいてはそもそも命が危ないという危機感が勝利し、とにかく急いでその場を離れようとした。

そうしてなんとか外には出られたものの――足元にはおびただしい量の瓦礫が積み重なっており、マリーはいったい何が起きているのかと辺りを見回す。

（戦争でも始まった？　まさかそんなはず――）

するとぼろぼろになった外壁の奥に、崩れた祭壇――そしてその上空を悠然と飛び回る、巨大な動物の姿を発見した。その光景にマリーは思わず目を見張る。

（もしかしてあれ……ドラゴン、ってやつ……？）

恐竜のような顔と身体つき。背中には一対の立派な羽が生えており、ばさっばさっという羽ばたきの音がここまではっきりと聞こえてくる。何より陸上生物としては異常な大きさに、マリーは目の前の光景を、一瞬現実として認識出来なくなっていた。

だが足を進めた先で、さらなる驚きに遭遇する。

「ク、クロードさん⁉　大丈夫ですか⁉」

「あなたは……。良かった、無事だったんですね……」

半壊した壇上に駆け上る。

そこでは傷だらけになったクロードが、誰かを守るように抱きかかえていた。

その正体を見たマリーは、震える声で彼に確認する。

「もしかして、この人……」

「……聖女様です。ドラゴンの炎に全身を焼かれて……なんとか火は消えたんですが」

クロードの腕の中には、ひどい火傷と煤《すす》に覆われた少女の身体があった。

かろうじて息はあるようだが、このままでは遅かれ早かれ手遅れとなるだろう。

(救急車――なんてこの世界にないし……。そうだ、確か火の要素の項目に、魔術の火は特殊だからただの水ではなく、魔術で生み出された水で火傷を冷やすのがいいと……。ドラゴンの焔が魔術に該当するのかは分からないけど、何もしないよりかはきっと――)

マリーはすぐさまクロードに尋ねる。

「クロードさん、水の魔術は使えますか？」

「……いえ、わたしは風です。水は出せません」

「《獅子》の中には？」

「おるにはおりますが……。この騒動で、残っている者はわたしだけです」

「……っ」

彼の言葉通り、観客席らしき区画には誰一人として人の気配がなかった。

一方上空では、圧倒的な覇者《はしゃ》がまるでマリーたちを監視するかのように旋回している――その絶望的な状況に、マリーはぎゅっと下唇を噛みしめた。

(とにかくここから逃げて、病院か魔術院に行って……でも、もしその間に、ドラゴンが襲ってきたら――)

巡り続ける思考と緊張で鼓動がどくどくと速まり、マリーの呼吸が知らず浅くなる。

だがその瞬間、魔獣討伐でのルカとのやりとりが脳裏をよぎった。

『マリー、僕に《応援《エール》》をちょうだい』

『え、エールですか？』

『君の魔術はおそらく、誰かのために祈った時だけ効果を発揮する――』

（……効くか分からないけど、やってみるしかない！）

マリーは火傷を負ったリリアの手を、そっと握りしめた。

そのまま目を閉じ、静かに集中する。

（魔力が全身を巡っている感覚を意識して、それをゆっくりと一カ所に集める――）

ルカのために始めた魔術の勉強が、今はマリー自身を支える知識となる。

ふわりとお腹の奥が浮き上がるような感触がして、マリーはそれらをリリアに流し込むようにイメージした。やがて繋いでいた手のひらから、白い光の粒が淡く浮き上がる。

（リリア、頑張って……！）

驚きに目を見張るクロードの前で、光の粒子が瀕死《ひんし》のリリアの全身を包み込んだ。

そのまま儚《はかな》い明滅を繰り返していたかと思うと、その瞬きに合わせてリリアの手足に広がっていた火傷がみるみる薄くなっていく。

「サガラ・マリー……。あなたの、その力は――」

やがて魔術が完了したのか、光は飛び立つ蛍《ほたる》のように消えていった。

先ほどまでいつ止まるかと不安だったリリアの呼吸は普通に戻っており、マリーはほっと胸を撫で下ろす。

だが改めて彼女の顔を確認したところで、マリーは思わず首を傾げた。

（この子……本当にリリア？）

そこにいたのは現役モデルばりの美しい容姿の子ではなく、ごく普通の顔をした大人しそうな女の子だった。華やかだったピンクの髪はくすんだ灰色になっており、傍で見ていたクロードもまた理解が追いついていないようだ。

「クロードさん、これはどういう……」

「……わたしにも分かりません。ですがとりあえず、今はここから脱出しましょう」

色々ありすぎて訳が分からないマリーだったが、クロードの指示に従い、そろそろと壇上から下りようとする。

しかしリリアを抱いたクロードが立ち上がろうとした瞬間、逃がしはしないとばかりにドラゴンが急速に下降してきた。

「クロードさん、危な――」

だがそこに、突然ぼんっと何かが弾けるような音がしたかと思うと、マリーたちの眼前を小さな火球が通過した。降下しようとしていたドラゴンはバランスを崩し、再びばさっばさっと上空へと舞い戻っていく。

直後、マリーの元に聞き慣れた声が飛び込んできた。

「マリー！　無事だったんだね！」

「ミシェルさん……‼」

ミシェルはマリーの傍に駆け寄ると、力いっぱい抱きしめた。

マリーも溢れ出した安堵と嬉しさのまま抱擁《ほうよう》を返すが、すぐに体を離して説明する。

「あの、牢が壊れて外に出たら、空にドラゴンがいてリリアが大変なことになっていてそれであの」

「分かった、分かったから落ち着いてマリー。すぐにここから離れよう」

「は、はい！」

やがてミシェルに続いて他の団員たちも現れ、マリーの姿を見つけるとおーいおーいとこっそり手を上げる。ミシェルは会場内に取り残された人がいないかをひとしきり確認したあと、クロードに話しかけた。

「聖女様はおれが病院まで運びます。クロードさんは早く傷の手当てを――」

しかし体勢を立て直したドラゴンは、長い首を何故かぐぐっと後方に歪曲させている。その独特の姿勢を見たマリーはぎょっと目を見開いた。

（まさか、火を噴こうとしてる⁉）

それに気づいた途端、遠くからユリウスの怒号が聞こえてくる。

「観客席に焔を噴かせるな‼　大惨事になる――」

（ど、どういう――）

咄嗟にミシェルが火球を放つが、同じ手は通用しないとばかりにドラゴンは動じない。

そのうち無数の牙が生えた口から、轟々《ごうごう》と燃え盛《さか》る青い焔が漏れ出てきて――クロードたちがいるすぐそばの観客席めがけて、ドラゴンは滾《たぎ》る奔流を一息に浴びせかけた。

（焔が――）

マリーが息を呑むのと同時に、ミシェルがこちらに飛び込んでくる。

「――マリー‼」

次の瞬間、世界が真っ白になった。

何の音もせず、熱さも寒さも何も感じない。

完全なる無の空間。

だがマリーがぱちりと瞬きした途端、轟音と灼熱《しゃくねつ》と激痛がその場所にいるすべてに牙を剥いた。

全身を打ち砕かれそうな途方もない衝撃の荒波に呑まれながら、マリーはただ必死に歯を食いしばることしか出来ない。

（――っ……‼）

どのくらい経っただろうか。

ぱら、と小石が落ちるような音がして、マリーはゆっくりと目を開けた。

そこには覆いかぶさって爆風から守ってくれたミシェルの身体があり、マリーは慌てて彼の下から這い出す。直後、周囲に広がっていた光景に絶句した。

(なにこれ……何があったの……?)

先ほどまでは崩れた外壁や座席などが確かに存在していた。

しかし今は、巨大な鉄球が空高くから落とされたような、瓦礫と煙だけの焦土《しょうど》と化している。

(まるで何か……爆発したみたいな……)

マリーは慌ててミシェルの容態を確認したが、飛んできた石片による打撲や熱風による火傷が全身に広がっており、かなり深刻な状態だった。

「ミシェルさん！　ミシェルさん!!」

「……マリー、……よかった、無事だったんだね……」

「すぐに助けますから、しっかりしてください！」

「いいから……ここを離れて……。まだ上にいるんでしょ……」

その言葉にマリーはすぐさま空を見た。

これだけ甚大な被害を出したにも関わらず、ドラゴンは我関せずとばかりになおも優雅に飛び回っている。

「またこっちに来たら危険だ……。早く避難して、他の騎士団に救援を……」

「で、でも……」

「おれなら大丈夫だから、……ほら、早く……」

ミシェルはゆっくりマリーを見つめると、ぼろぼろのまま嬉しそうに目を細めた。

「マリー……。ありがとう……」

「……」

「君が来てくれてから、……おれ、ずっと楽しかったよ……」

弱々しく微笑むミシェルを前に、マリーは唇を引き結んだ。

(行けるわけない……)

彼と過ごした日々のことが、まるで昨日のことのように甦る。

この世界に来て、初めて出会った日のこと。二人で迷い猫のチラシを配ったこと。買い物に行ったこと。仕事がなくて、斡旋所から肩を落として帰ったこと。ジローの世話で泥だらけになったこと。美味しいご飯を食べたこと。

一緒に《狼》騎士団を、この国いちばんの騎士団にしようと誓ったこと。

(置いてなんて、いけないよ……)

大粒の涙をぼろぼろと零しながら、マリーは背後を振り返る。

ミシェル同様、瓦礫の下や狭間のあちこちに、先ほどの爆発によって行動不能に陥ったユリウスやヴェルナー、他の団員たちの姿が散らばっていた。

もしも『絶望』という地獄があるなら、きっとこんな光景に違いない。

（みんな……）

マリーは唇を噛みしめると、弛緩《しかん》したミシェルの手を強く握りしめる。

とめどなく溢れてくる涙を何度も拭うと、必死に祈りを捧げた。

（絶対に全員、助ける。私が――）

だが凄惨《せいさん》な光景を目の当たりにしたせいか、手が震えていっこうに集中出来ない。

一方、ミシェルの生気はどんどん失われていく。

（どうして、さっきみたいに出来ないの⁉　私が、みんなを助けないといけないのに、このままじゃ――）

すると大空を旋回していたドラゴンが、砂埃を巻き上がらせながらマリーのすぐ傍へどすんと降り立った。

見上げるほどの巨体は、マリーの常識から遥かにかけ離れており――あまりに圧倒的な存在感とそこから与えられる本能的な恐怖に、いよいよ思考する気力すら奪われてしまう。

（どうしよう、私、どうしたら……）

ドラゴンは茫然《ぼうぜん》とするマリーに向かって、どしん、どしんと地響きをあげながら近づいたかと思うと、その頭上に大きく爪を振り上げた。

反射的に目を瞑ったところで——突然、ルカの声が飛び込んでくる。

「マリー、しっかりして‼」

次の瞬間、マリーの頭上に分厚い土の壁が出現し、鋭いドラゴンの爪を阻止した。

その隙に駆けつけたルカは、倒れたミシェルを背中に担ぐと、すぐにマリーの手首を握って引き立たせる。

「悪いけど、これそんなに持たないから」

「は、はい！」

慌てて逃げ出したタイミングで、苛立ったドラゴンが尻尾による二撃目を繰り出した。ルカの予告通り土の盾はあっという間に粉砕され、マリーたちは間一髪《かんいっぱつ》その場から離れる。

新しい土の防御壁を作り出したあと、ルカがこちらを振り返った。

「マリー、大丈夫？」

「は、はい……。でもミシェルさんが……それに、みんなも……」

ルカはしゃがみ込み、横たえたミシェルの容態を確かめる。

一目見ただけでも分かる傷の深さに、さすがの彼も顔を曇らせた。

「ミシェルは僕が何とかする。だから君だけでも——」

「だ、だめです、このままでは……」

「マリー、お願いだから」

「でも私、どうしても、みんなを助けたいんです……」

その時――マリーを取り巻く空気に、きらきらとした白い光が混じったのをルカは見逃さなかった。同時に、かつて自身の傷を癒してくれた《応援》のことを思い出す。

「……っ」

ドラゴンとの距離にまだいくばくか余裕があることを確認すると、ルカはマリーの手を取り、ミシェルの胸元に押しつけた。

「チャンスは一度だけ。出来なかったらすぐに逃げること」

「は、はい！」

「魔術に必要なのは集中力だ。自分の中に巡る魔力をしっかり感じ取って」

マリーは深呼吸したあと、ミシェルの身体に残る鼓動を手のひらで感じとる。

（お願い……頑張って……！）

やがてリリアの時にも現れた光の粒が指先から生じ、傷ついた彼の全身をふんわりと包み込んでいく。それを確認したマリーは、込み上げる涙を拭った。

（絶対……）

瀕死のまま地に伏す団員たちの姿を思い出し、マリーはそっと目を閉じる。

彼らは今もまだ、生死の境をさまよっているのだ。

（みんな、助けるから……）

任務が終わるたび、団員みんなで美味しいご飯を食べた。

中庭で、食堂で。肉を焼いたり、アイスを作ったり。

とても賑やかで、楽しくて――マリーはいつも笑っていた。

（一緒に、あの場所に帰りたい……）

一人だけじゃだめだ。

全員。騎士団全員、助けなければ。

（お願い、私に……誰かを応援する力があるのなら――）

渾身《こんしん》の思いを込めて、マリーは声を出す。


「みんな、頑張って――」


その瞬間――マリーの座っている場所を中心に、巨大な白い円陣が浮かび上がった。

傍らにいたルカがすぐに気づき、思わず目を見張る。

「これ、術式魔術……!?」

ルカが零した驚きに気づくこともなく、マリーは瞑目《めいもく》したまま祈り続ける。

銀色に輝く円陣には、ルカですら組み立てたことのない複雑な魔術式が無数に描かれていた。

それらは外周や二重になった内円部分をゆっくりと流れていたが、ある一点で鍵が噛み合わさったかのようにぴたりと動きを止める。

刹那、膨大な光の柱が空に向かって一直線にそびえ立った。

「しかも『白』の特級？　そんなことって――」

その途方もない光量を間近で浴びたルカは、自分の中にある魔力が今にも溢れ出さん勢いで活気づいていることに気づいた。

おそらくこの円陣の中にいる者――負傷者全員に、大量の《応援》が送り込まれている。

やがてマリーが息を吐き、ゆっくりと瞼を持ち上げた。

それと同時に、息をするのもやっとだったはずのミシェルがぱちりと目を覚ます。

「……マリー？　……おれ、いったい……」

「――ミシェルさん！」

マリーは感激のあまり、何が起きたのか分からず茫然としているミシェルに向かって、勢いよく抱きついた。えっ!?　あのっ!!　と真っ赤になる彼の背中に腕を回したまま、半泣き状態で何度もしゃくりあげる。

「良かった……。無事で……本当に良かった……！」

「マリー……」

時を同じくして、円陣の中にいた他の団員たちも次々と復活していた。

ユリウスがマリーたちの元に駆けつけ、先ほどの大規模魔術について尋ねる。

「あれはお前の魔術か」

「は、はい、おそらく……」

するとと押しかけた他の団員たちもまた、口々にマリーに礼を述べた。

「マジでびっくりした！　なんつーか、もうやばいかもって思ってたら、体ん中が沸騰するみたいに熱くなってきて――」

「傷が全部塞がってるんだけど、なにこれ⁉」

「前にルカが『マリーの作る料理には回復効果があるから』って言ってた時は、いまいちよく分かんなかったけどよ。確かにこりゃあ、大した力だな！」

「皆さん……無事で、本当に良かったです……」

喧々囂々《けんけんごうごう》と騒ぐ団員たちを前に、マリーは泣き笑いのような表情を浮かべる。

やがてユリウスが「全員そろそろ黙れ」と場を制した。

「どうやらクロードと聖女は、爆発よりも先に会場外に逃げ出せたようだ。他の観客たちも全員避難を終えている」

「じゃあ、あとは……」

「撤収――と言いたいところだが、あのドラゴンをこのまま放置すれば、王都全体に壊滅的な被害が出るだろう」

ユリウスの言葉の先が見えてきて、団員たちはごくりと息を呑む。

「作戦を変更する。ここにいる《狼》騎士団の総力を以て──ドラゴンを討伐する」

その命令に、団員たちの気迫がざわっと変化した。

怯えではない。高難易度任務への高揚と闘志だ。

「──ミシェルは後衛、魔術で仲間への支援を頼む。ヴェルナーはドラゴンの注意を分散させるため、場所を移動しながら援護射撃」

「了解!」

「りょーかい」

「お前はルカと一緒に、可能な限りこの場から離れていろ」

「は、はい!」

「他の者は武器を取れ! 牙と爪、尻尾には十分注意しろ! それから焔を吐き出すには予備動作がある。相手の行動を封じ、手を休めることなく全方位から絶えず攻撃するんだ!」

団員たちはいっせいに「応‼」と叫ぶと、剣や斧といった各々の武器を携《たずさ》え、苛立ったように尻尾を打ち付けているドラゴンの周囲を取り囲んだ。

ドラゴンが動き出すよりも早く、ユリウスの号令が飛ぶ。

「──総員、かかれ‼」

うおおという鬨《とき》の声をあげながら、団員たちが四方八方からドラゴンに立ち向かう。

つい先ほどまで絶対的な強者であったはずのドラゴンが、ここにきて団員たちの怒涛の勢いに呑み込まれていた。

（す、すごい……！）

少々血の気の多い団員たちであることは前提として。

マリーが繰り出した魔術は、彼らの能力を普段以上に底上げしていた。

「なんか、いつもより体が軽い気がするぞ！」

「俺も！　今なら何が来ても負ける気がしねえ!!」

単に肉体の回復だけではない。

体力、気力、魔力。筋力やそれに伴う反射神経、動体視力の向上――あやうく死線を踏み越えかけた団員たちは、マリーの《応援》によって、これまでにないほどの戦闘力を有していた。

一方ドラゴンは焔を吐こうにもタイミングを得られず、再三の攻撃でついに硬い鱗にひびが入り始める。マリーの隣でそれを見ていたルカが、ほっとしたように呟いた。

「そろそろ体に刃が通りそうだ。あとは喉《のど》にある逆鱗《げきりん》を剥いで――」

「逆鱗を……剥ぐ？」

「うん。急所だし」

「そ、それをすると、ドラゴンはどうなるんですか？」

「死ぬけど」

「……」

予想していた返答に「ですよね……」と思いながら、改めてドラゴンの方を見つめる。

最初は団員たちを応援していたマリーだったが――傷つけられるたび、まるで泣いているかのように激しく慟哭するドラゴンを見ていると、不思議と胸が締めつけられた。

（本当に……これで良いの……？）

もちろん、このままドラゴンを放置すれば街は大変なことになる。

人的、家屋の被害も今以上に甚大なものになるだろう。

だがそのために――あのドラゴンを殺すことは正しいのだろうか？

（どうしよう、でも――）

やがてドラゴンの動きが鈍《にぶ》くなったかと思うと、どしんという振動とともにその巨体が瓦礫の上へと倒れ込んだ。団員たちはすぐにドラゴンの口をロープで何重にも縛り、いよいよとどめだとばかりに我先にその喉元へとよじ登ろうとする。

その瞬間、マリーは迷いを振り切って駆け出した。

「あ、あの……ちょっと待ってもらえませんか！」

「マリーちゃん？　危ないから離れて――」

「こ、このドラゴン……。元の場所に、帰してあげられないでしょうか？」

突然の提案に団員たちは当然ぽかんとする。

指揮を執っていたユリウスもまた、眉間に皺を寄せてこちらを睨んできた。

「寝言《ねごと》も大概にしろ。こいつを今ここで仕留めなければ、必ずこれ以上の被害が出るぞ」

「そ、それは分かっています！　でもこのドラゴン、多分いつもは違うところに住んでいるんですよね？　今までこの辺りで見たことないし……。もし偶然ここに迷い込んで来ただけとかだったら、仲間がいるところに戻してあげた方が、いい気がするんです……」

たどたどしいマリーの言葉に、団員たちは思わず構えていた武器を下ろした。

マリーは知らなかったが、このドラゴンは望んでここに来たわけではない。

聖女の――ひいてはこの国のしもべとするため、無理やり連れてこられただけなのだ。

「す、すみません、その……皆さんが頑張ったのに、こんな……」

「……」

団員たちは次の行動に迷い、お互いのことをちらちらと見やる。

そんな居心地の悪い沈黙を破いたのは、意外なことにユリウスだった。

「お前が言うことにも一理ある」

「ユリウスさん……」

そう言うとユリウスは、作戦中止を知らせるようさっと右手を挙げた。

やれやれと胴体部分から下りてくる団員たちを横目に、マリーはドラゴンの顔の方に近づくとその真っ赤な目の脇にしゃがみ込む。今は口をロープで閉じられているとはいえ、あの無数の牙と青い焔の恐怖は記憶に新しく、マリーは緊張から少しだけ身震いした。

だがそうっと手を伸ばすと、先ほど同様静かに祈りを込める。

「痛い思いをさせてごめんなさい。すぐにあなたの家に戻してあげるから、もう少しの間だけ頑張れるかしら」

淡い光がドラゴンの全身を覆い、剣や斧によってつけられた傷をみるみる癒していく。

団員たちはドラゴンが突然暴れ出さないか不安に駆られつつも、マリーが助ける様子を傍らでじっと見守っていた。

やがてふわっと光が消え、ドラゴンの体が完全に元通りになる。

痛みがなくなったことに気づいたのか、瓦礫の上に伏していたドラゴンは、そのままゆっくり起き上がろうとした。

「マリー、危険だ！　すぐに離れて――」

ミシェルの警告に従い、マリーは慌てて後ずさる。

しかしドラゴンはぐいっと顔を近づけてきたかと思うと――そのままマリーの体に、ぐりぐりと己の額を押しつけ始めたのだ。

「え……えっ⁉」

ちらちらと覗く牙にドキドキするが、どうやら食べようとしているわけではないらしい。

恐る恐るマリーが手を伸ばすと、ドラゴンは「ギャウッ」と短く鳴いたあと、子猫が甘えるようにその手のひらに擦り寄ってきた。

ざりざりとも、ごつごつとも形容しがたい鱗の不思議な感触を直《じか》に味わいながら、マリーはそろそろとミシェルの方を振り返る。

「あの、これはいったい……」

「よく分からないけど……懐かれた、のかな？」

すると突然、地表に巨大な影が落ちた。

ばさり、と聞き覚えのある羽音にマリーが顔を上げると、いま撫でているドラゴンのさらに倍ほどの大きさのドラゴンが、まるで飛行船のように空のど真ん中を陣取っている。

（ま、また新しいのが……！）

だが蒼白になるマリーの懸念とは裏腹に、天上のドラゴンはばさっと大きく羽ばたくと、下にいるドラゴンに話しかけるように鳴いた。

それに気づいた幼体のドラゴンはすぐに体を起こすと、再度マリーに頭をこすりつけたあと、堂々とした羽ばたきで空へ飛び立っていく。

「ミシェルさん、あのドラゴンは……」

「もしかしたら……あの子の親なのかも」

「さ、さっきのドラゴン、子どもだったんですか⁉」

まさかの真実にマリーが驚いている間に、親ドラゴンは我が子を迎え入れるとその口に掛けられているロープをいとも簡単に噛みちぎった。

目の前にばたばたっとロープの残骸が落ちてきたかと思うと、次いで頭上から不思議な声が響いてくる。

『――ありがとう、女神の愛し子よ』

「えっ⁉」

『この御恩は、いつか必ずお返しすると約束しましょう』

（今聞こえてる声って、まさか……）

マリーは恐る恐る、遥か上空にとどまる親ドラゴンの方を見つめる。

すると親ドラゴンもまた、マリーの方をしばらく見下ろしたあと、子どもとともに厳然たる姿で王都の上空を飛んで行った。

「びっ……くりしたー！」

ドラゴンがいなくなった途端、一気にその場の緊張の糸が切れ、誰かがどさっと倒れ込む。

「親が来ることなんてあるんだな！　というかおれ初めて見たかも」

「すっげーでけー……。でも襲ってこなくてマジでよかった……」

団員たちは瓦礫の上に座り込むと、改めて先ほどの戦いの恐怖と興奮を口々に語り始めた。

マリーもまた危機が去ったことを実感し、ほっと胸を撫で下ろす。

それと同時に、先ほどドラゴンから言われた言葉が気になった。

「あのミシェルさん、さっきの声なんですけど……」

「声？」

「ほらあの、最後にドラゴンが喋《しゃべ》ったというか、話しかけてきたというか」

身振り手振りで伝えようとしたが、ミシェルには本当に聞こえていなかったらしく、きょとんとした顔で首を傾げている。「もしかして幻聴《げんちょう》⁉」とマリーが恥ずかしそうに両頰を押さえていると、いつの間にか背後にいたユリウスが、呆れたように応じた。

「長い時を生きたドラゴンは人語を理解し、直接心に語りかける能力を持つと言われている。お前が聞いたのは、もしかしたらそれかもな」

「心に……」

改めてドラゴンの声を思い出す。

人のものとは全く違う。

でもどこか優しくて、母親としての温かさに満ちていて──とマリーは思わず微笑んだ。

するとそんなマリーを見ていたユリウスが、やれやれと頭を掻く。

「ともかく、今回はお前に色々と助けられた」

「え？」

「あのまま親ドラゴンの存在に気づかず、目の前で子どもを始末していれば、あいつは容赦なく俺たちに襲いかかってきただろう。それを回避できたのはお前の偉勲《いくん》だ。……つまりだな、その、だから、なにが言いたいかというと──」

「……？」

珍しく言葉を濁らせるユリウスに、マリーは首を傾げる。

やがてわざとらしい咳ばらいをしたあと、ユリウスがむすっとした顔で口を開いた。

「……よくやった、マリー」

最初、何を言われているか分からず、マリーは目をぱちぱちとしばたたかせる。

だが褒められたことと――初めて名前を呼ばれたことに気づき、一気に顔を赤くした。

すると周囲にいたミシェルやヴェルナー、ルカたちも何かを察したらしく、にこにこと（ヴェルナーはにやにやと）ユリウスを眺める。

それに気づいたユリウスは、すぐさま眉間に縦皺を刻んだ。

「おい貴様ら、何を見ている」

「別に？　あのユリウスがなーってだけ」

「ヴェルナー、貴様……！」

すぐにいつものやりとりが始まり、団員たちからやんやと笑いが起きる。

そんなありふれた幸せな光景を見つめていたマリーだったが、やがて自分の体が青空の向こうに吸い込まれるような感覚に襲われた。

（なんだろう……。すごく、眠い……）

心地よいまどろみのような。

世界が真っ白になるような。
(でも良かった……みんな、無事だっ、た……)
いつの間にか、ぐらりと体が傾ぐ。
「――マリー？　マリー⁉　しっかりしてマリー！　マリー‼」
どこか遠くで、ミシェルの声が聞こえる。
マリーは幸せな気持ちに包まれたまま、静かに意識を失った。

第六章　二人だけのカウントダウンイベント

『――リー、マリー、目覚めなさい』

「……？」

相良麻里が目覚めると、そこは虹色の空の上だった。

見覚えのあるその光景に、相変わらず輝くような美しさの女神様が降臨する。

『マリー。ようやく気がついたのですね』

「女神様……ってことは、私また……」

せっかくもらった新しい人生を、まさか一年も経たずして終えてしまうとは。

だが不思議なことに、マリーの中に一切後悔はなかった。

（だって、みんなを助けられたし……）

どこか誇らしい気持ちのまま、マリーは胸元で拳を握る。

一方女神はそんなマリーをしばし観察したあと、はっと目を見開いた。

『あの、もしかしてまた亡《な》くなったと思ってます？』

「え、違うんですか？」

『とんでもない！　体内にあった魔力を使い果たして気絶しちゃっただけですよ！』

どうやらまだ三途《さんず》の川を渡る前らしい、とマリーはぱちぱちと瞬く。

女神はすべすべの頬をぷくっと膨らませたまま、可愛らしく怒った。

『でも、いくら何でも無茶《むちゃ》しすぎです』

「す、すみません……」

『おまけにあんなボロボロの状態で、あんな大規模な「ギフト」を使うなんて』

「ギフト？」

そういえば、初めてこの場所に来た時も同じようなことを言われた。

ただあの時はあまりにも眠くて、頼むから寝かせてくれとお願いした気がする。

「私、結局『ギフト』は貰わなかったような……」

『あら、覚えていたのね。来世の「ギフト」選びなんて、誰しもがいちばんわくわくする場面でしょうのに。あなたの直前にお話しした子なんて「世界最高の美少女になりたい！」とか「誰からもいっぱい愛されたい！」とかたくさん挙げ連ねていたくらいよ』

「あの時はその、本当に眠気に抗《あらが》えなくて……」

『ふふ、そうね。それだけ前の世界で頑張っていたんだわ。だからあなたには特別に、私の方で「ギフト」を選んであげたの』

そう言うと、女神はそっとマリーの手を取った。

『もう気づいていると思うけど、あなたに授けたギフト――それは誰かを《応援《エール》》する力です』

「……はい」

『あなたは前の世界でもたくさんの人を応援してきたわ。あなた自身は舞台に上がることも、スポットライトを浴びることもなかったけれど……。そこに立つ人々のことを誰よりも理解しようとし、奮い立たせ、その輝きを絶やさないよう、一生懸命応援し続けた』

見てみて、と女神は片手をさっと宙にかざす。

そこに現れた画面には、マリーが所属していた事務所と担当していたアイドル――それに、地元に帰ったはずの元アイドルの子たちが映っていた。

皆黒い服を着て涙を浮かべており、その光景が意味するところを知ったマリーは、驚きのまま女神の方を振り返る。

「これ、は……」

『あなたが亡くなったあと、こんなに多くの人が泣いていたわ。何を今さら、と思うかもしれないけれど、あなたの声に励まされていた人は確かにいた。だからこの世界でも――あなたに与えるなら、絶対にこの「ギフト」がいいと思ったの』

惨《みじ》めだ、と感じていたかつての自分を思い出す。

けして表に出ることはない。裏方の、誰にも気づいてもらえないような仕事ばかり。

それが今になってようやく――「意味があった」と言ってもらえた気がして、マリーは知らず涙が込み上げた。

（あの子たち……。あの頃よりずっと、大人になってる……）

喜びの涙を必死に拭うマリーを見て、女神は慈愛に満ちた笑みを浮かべる。

『そろそろ時間ね。あなたの新しい仲間たちが、心配そうに待ってるわ』

「あ、あの……ありがとう、ございました……」

『ふふ。でも今回のように全力で「ギフト」を使うのはお勧めしないわ。あんまりやりすぎるとまたこんなふうに倒れちゃうわよ』

「そ、そうなんですか⁉」

『普通の「ギフト」ならそこまでないんだけど、あなたの場合、他に何も望まなかったでしょう？だからその、能力が一点集中しちゃったというか』

「一点集中」

『「ギフト」ってその、あの世界で言う「魔術」にあたるんだけど、その規格からはちょっと……いえだいぶ、かなり、外れているというか――』

しどろもどろに言葉を濁らせる女神を前に、マリーは首を傾げる。

「つまり、どういうことですか？」

『……普通に考えて、あれだけたくさんの、しかも瀕死の人間を一度に治療して肉体強化させるなんて、あの世界の理《ことわり》から大きく外れている。要は――「規格外」なのよね』

「き、規格外……」

『今はまだ、向こうの魔力と馴染んでいないからこの程度で済んでるけど……。あの世界の魔術では起こりえないことが、あなたの「ギフト」なら叶ってしまう可能性がある。何も知らない傍《はた》からすればそれは──奇跡、もしくは神の力と呼ばれるものになるでしょう』

「奇跡……」

ふと『聖女』という単語が頭をよぎり、マリーは「やばい？」と頭を抱えた。

それを見た女神が『だ、大丈夫！』とぐっと両手を握りしめる。

『普段生活する分には、そこまで影響しないはずだから！　まあ、ちょっと漏れ出した魔力が料理に混じったりはしたかもしれないけど……』

「影響ありありじゃないですか」

『そ、それで助かったこともあったし……。ただ、出来ればその、今後も世界の均衡だけは、崩さないでいてくれると……嬉しいかなって……』

「は、はあ……」

世界の《調整《マネージメント》》も大変だ……とマリーが苦笑していると、身体が上に引っ張られるような感覚に包まれた。つま先が地面を離れたかと思うと、そのまま体ごとふわふわと空に昇っていく。

『それじゃあ、頑張ってー！』

（女神様から《応援》されてる……）

ばいばーいと無邪気に手を振っている女神を見下ろしつつ、マリーは不思議な体感の中、再び意識を手放したのであった。

○　○　○

目を覚ましたマリーは、ベッドに横たわったまま何度かぱちぱちと瞬いた。

両脇にいたミシェルとルカが、すぐさまこちらを覗き込む。

「マリー！　目が覚めた⁉」

「大丈夫？　吐き気とかない？　魔力酔いは？」

「あ、ええと……大丈夫、そうです……」

どうやら今度こそ現実に戻ってきたらしいと、マリーはゆっくりと上体を起こす。

手や足に多少包帯が巻かれていたものの大きな怪我はなく、そのまま確かめるように周囲を見回した。すると病室の壁に寄りかかっていたユリウスがはあと嘆息を漏らす。

「ようやくか。貴様、丸三日寝ていたぞ」

「三日もですか⁉」

「どうやら限界まで魔力を使い果たしていたらしい。何も考えずにあんな馬鹿みたいな規模の魔術をばかすか展開するからだ！　この馬鹿が！」

「す、すみません……！」

馬鹿って三回も言われた……とあからさまに落ち込むマリーの様子に、窓際で外を眺めていたヴェルナーが「まあまあ」と宥《なだ》めた。

「そんなに怒るなって。マリーちゃんのあの働きがなかったら、どのみちオレたちあの場で全滅してたわけだしさ。そこはちゃんと感謝すべきなんじゃないの、リーダー？」

「ヴェ、ヴェルナーさん……」

「まあ確かに、ぶっ倒れるまで頑張られるのはオレも心配だけどね」

ばちんとウインクが飛んできて、マリーはユリウスに怒られた時より恥ずかしくなる。

それを目にしたユリウスは、すぐに「むっ」と唇を引き結んだ。

「俺は別にこいつの行動をすべて批判しているわけではない！　むろん、助けられたことには感謝している」

「ユリウスさん……」

「ただし！　今回のことで分かったように大規模魔術は命の危険を伴う。よって今後は俺の許可なく使用しないように。いいな！」

「は、はいっ！」

反射的に敬礼したものの、以前より心なしかユリウスの口調が柔らかくなった気がして、マリーはつい顔をほころばせる。

それを見たミシェルが嬉しそうに微笑んだ。

「でもマリーが無事で本当に良かったよ。爆発の時とか、もうほんとダメだと思ったし」

「その節は本当にありがとうございました……。あれって結局、何が起こったんですか?」

マリーの疑問を耳にしたユリウスが「あれか」と腕を組む。

「あれはドラゴンの焔による『魔力喰《ぐ》い』が原因だ」

「魔力喰い?」

「奴らの青い焔は『魔力を食べ尽くす』――要は魔術を無効化し、魔力そのものを奪うと言われている。仮に魔術師たちがあの焔を浴びてしまうと、体内にある魔力が根こそぎ消滅し、その後一切魔術を使用出来なくなることもある」

「そ、そんなに恐ろしい効果が⁉」

「そうだ。そして警備計画書によると、あの会場の観客席には寒さを和《やわ》らげるため、事前に『火』と『風』の固定魔術が施されていた。通常それらの魔術が混合することはないが――ドラゴンの焔でその境目が決壊し、暴発に至ったのだろう」

「なるほど……」

当時の恐怖が改めて甦ってきて、マリーはぶるっと両腕を抱える。

しかしすぐにユリウスの言葉を繰り返した。

「あの、今『魔術師が焔を浴びると、魔術が使えなくなる』と言っていたような……」

「そうだが?」

「ル、ルカさん、あの場にいて大丈夫だったんですか⁉　もし焔を浴びていたら――」

あわあわと心配するマリーに対し、当のルカはけろっとした様子で答える。

「浴びなかったから大丈夫だよ。それにあのままだと、マリーが危なかったしね」

「運が良かっただけだ！　まったく……。その危険もあるから、今回の作戦では最初からお前《ルカ》を外していたというのに……。だいたいここ数日、いったいどこをふらついていた！」

ユリウスからの追及に、ルカは「しまった」と目をそらす。

「大したことじゃないよ。これを取りに行ってただけ」

そう言ってルカが取り出したのは、以前マリーも握ったことのあるサージュ《賢者の石》だった。

ただし内側は真っ白に濁っており、ルカは二本の指でそれを持って傾ける。

「あとは先輩の結果待ちかな」

「……？」

するとそこにコンコンと控えめなノックの音が響いた。

はーいとミシェルが返事をすると、バツが悪そうな表情でクロードが姿を見せる。

「失礼、マリー様は……。ああ、良かった。意識が戻ったんですね」

「クロードさん！　ご無事でしたか？」

「はい、あなたのおかげで。しかし本当に驚きました。まさかあなたがあんなにすごい『回復魔術』の使い手だったなんて」

「そ、それは、ええと……」

そこでマリーはふと、リリアのことを思い出した。

「あの、リリアは……」

「彼女も無事です。ですが、その……」

「……？」

「……実は彼女が、一度あなたと話をしたいと言っています。少しでいいので、時間をもらえないでしょうか？」

「いいですけど……」

そうしてマリーはクロードに連れられ、同じ病院内にあるリリアの部屋を訪れた。

リリアは毛布を膝に掛けた状態でベッドに座っており、マリーの訪問に気づくと視線をじっとこちらに向ける。その顔はやはり、以前の華やかな容姿ではない。

「わたしは廊下におります。終わりましたらお声がけください」

「は、はい」

クロードがいなくなり、マリーはどうしたものかと出入り口のところで立ち尽くす。

するとリリアが小さな声で「こっち、座って」と口にした。

恐る恐る近づき、傍にあった丸椅子に腰かける。

やがて俯いたリリアがぽろりと涙を零した。

「……助けてくれたの、お姉さんなの？」

「え？」

「クロードから聞いた。わたしがドラゴンの焔で瀕死だったところを、助けてもらったって……」

ありがとう、と掠《かす》れた彼女の声が毛布に吸い込まれる。

リリアはその後も、何かを言いたそうにしていたが——ついぞ勇気が出ないのか、二人の間に長い沈黙が流れた。

「……」

「……」

しばらくリリアの言葉を待っていたマリーだったが、わずかに微笑んでから話し出す。

「あなた、前に私と同じ日本から来たって言っていたけど……その時はなんて名前だったの？」

「……馬〆璃々亜《まじめりりあ》」

「あっ……本名だったのね」

「お、お姉さんだって、マリーとかじゃん」

「それを言われると……。でもそうね。改めまして、私は相良麻里」

マリーが差し出した手を、リリアはそっと握り返す。

手を繋いだまま、リリアが静かに呟いた。

「……お姉さんも、何か嫌なことがあって転生したの？」

「え？」

「わたしは——駅のホームから飛び降りて、気づいたら……女神様の前にいたの」

突然の告白に、マリーはゆっくりと目を見開く。

「ほら、わたし、ブスじゃん？　それなのに名前ばっかり派手で、おまけに勉強も運動もそんなに出来なくて……。そしたらいつの間にかクラスの子たちから距離置かれて、別のグループラインとか作られたりして……」

「……」

「毎日、学校行きたくないなって思ってて、……お腹痛いとか、気持ち悪いとか言って。……でもお母さんが許してくれなくて、あの日も、無理やり電車乗れって言われて、……もうほんとに行き場が、どこにも、なくて——」

ベッドに小さな涙の粒が転がる。

マリーは何も言わず、ただ彼女の言葉を待った。

「……女神様に会えた時、やっと違う世界に行けるんだって思った。だから次の世界では、誰からも馬鹿にされないよう、誰よりもいっちばん可愛くしてってお願いしたの。そのおかげで、こっちに来てからわたし、毎日がすっごい、楽しかった」

でも、とリリアが口を閉じる。

「ドラゴンの焔ね、魔力を、全部燃やしちゃうんだって……。だからわたし、もう何の力も使えないし、顔だってこんな、……前と、おんなじに……戻っちゃった……」

「璃々亜ちゃん……」

「わたし……もう、ここでも、生きていけないのかなあ……」

黒い瞳からぼろぼろと大粒の涙が零れ落ち、マリーの手を濡らす。

ひっく、としゃくりあげるリリアを見たマリーは、ゆっくりと立ち上がると彼女の体を優しく抱きしめた。

「璃々亜ちゃんはブスじゃないよ。それは周りの人が意地悪で言ってただけ」

「でも……」

「顔が戻っても大丈夫だよ。やれることをやって、ご飯を食べて、いっぱい寝て。もちろん今までとまったく同じにはならないかもしれないけど、でも絶対――生きていける。今度こそ、リリアちゃんを大切にしてくれる場所が、きっと見つかるよ」

けして上手い言葉ではないかもしれない。

だがマリーは自分の思いを出来る限り丁寧《ていねい》に、懸命にリリアに伝えた。

「退院して、本当に行くところがなかったら、私のところにおいで？　騎士団のみんな、顔はちょっと怖いけど、すごく優しい人ばかりだし。ご飯の準備とか買い出しとか、もう一人くらい人手が欲しいなっていつも思ってたの」

「……いいの？」

「もちろん。この世界に、璃々亜ちゃんをいじめていた子たちはいない。ここでまた、一から頑張っていったらいいんだよ」

その言葉を聞いたリリアは、止まりかけていた涙を再びじわっと滲ませた。

マリーの背中に両腕を回し、すんすんと洟をすする。

「麻里さん、……今まで、いっぱい嫌なこと言って、やな態度とって、ごめんなさい……。ほんとに……ごめんなさい……」

最後の方は消え入るようなリリアの声を聞き、マリーはよしよしと彼女の背を撫でる。

わずかに開けていた窓から風が吹き込み、白いカーテンをふわりと揺らした。


一週間後、ようやく騎士団の寮に戻れる日がやってきた。

その日はくしくも一年の終わり——日本で言う大晦日《おおみそか》にあたるらしい。

病院の玄関を出た途端、以前よりいっそう寒さを増した外気が頬を撫で、マリーはぶるるっと全身を震わせた。そう言えば投獄や入院のごたごたで、まだ外套《コート》を買えていない。

（うう……明日にでもお店に見に行こう……）

街路には昨日の雪がまだしっかりと残っており、マリーは慎重に一歩を踏み出す。

すると白い息を吐きながら、ミシェルが柴犬のように走って来た。

寒さのためか、普段の制服の上に騎士団支給の外套を羽織っている。

「マリー、迎えに来たよ！」

「ミシェルさん、お仕事は？」

「ユリウスの指示で、今日はみんなお休み！　ほら、荷物かして」

そう言うとミシェルは、マリーが遠慮するより早く荷物の入った鞄《かばん》を受け取った。

同時にマリーが外套を着ていないことに気づく。

「寒くない？　良かったらおれの着る？」

「で、でもそうしたらミシェルさんが」

「鍛えてるからへーきへーき」

制服とよく似たデザインの外套を手渡され、マリーは「ありがとうございます」と言いながらもぞもぞとそれを着こんだ。

冷たい風が遮断され、一気に寒さを感じなくなったが――ミシェルの体温が残っていたことに気づき、何となく赤面する。

（確かにあったかいけど、なんか……申し訳ない……）

マリーがいない間の騎士団の様子や、ジローに新しい首輪を買ったことなど、とりとめもない雑談をしているうちに、あっという間に寮に到着する。

しばらく放置していたため、いったいどれほどの惨状になっているか——というマリーの憂慮《ゆうりょ》とは裏腹に、邸内は驚くほどぴかぴかに掃除されていた。

久しぶりの自室に足を踏み入れ、ミシェルに外套を返却する。

荷物を整理していると、ミシェルがどこかそわそわした様子で声をかけてきた。

「マリー。その片付けが済んだら、庭に来てくれる？」

「庭ですか？」

「うん。あ、急がなくていいから！」

そう言うとミシェルはあっという間にいなくなった。

不思議に思ったマリーだったが、せっせと衣服や小物を部屋の収納に戻したあと、先に出て行ったミシェルを追うように、玄関から裏庭へと回り込む。

するとそこには——氷で出来た立派な城がそびえ立っていた。

「な、なに、これ……！」

するとマリーの登場に気づいた団員たちが、口々に声を上げる。

「マリーちゃん、おかえりー！」

「もう体調は大丈夫か？　あんま無理すんなよ」

「あ、ありがとうございます……。それよりこれは……」

もちろん庭内なので、実際の王城ほどの大きさはない。

だが城壁やテーブル、細かな装飾やシャンデリアなどがしっかりと再現されており、まるで氷の国の舞踏会に招待されたような気分だ。

恐る恐る壁の一部に触れるが、指先から確かな冷たさが伝わってくる。

「すごい……本当に氷だ……」

そんなマリーのもとに、どこか得意げなミシェルが現れた。

「ユリウスに頼んで、でっかい氷を作ってもらったんだ！　それを手分けして皆で加工して」

「これ、みんなで作ったんですか⁉」

おまけにあのユリウスも協力したという。

慌ててその姿を探すと、案の定、他の団員たちから少し離れた位置にユリウスが立っていた。

マリーの視線に気づくと、何故かずんずんと接近してくる。

「おい」

「は、はいっ！」

長い間、休んでいたから怒られるのだろうか——とマリーはたまらず身構える。

だがいくら待っても怒声《どせい》はなく、代わりに大きな箱が差し出された。

マリーがおずおずとそれを受け取ると、ユリウスが苛立った顔つきで口を開く。

「退院祝いだ」

「あ、ありがとうございます！」

「勘違いするな。俺からじゃない。団員たちからだ」

「みんなから……？」

ふと視線をずらすと、どこか期待を込めた目でこちらを見ていた団員たちと目があった。

「早く開けてみてー！」という声が聞こえ、マリーは慌てて箱のふたを取る。

「これ、は……」

中から現れたのは、先ほどミシェルに借りたのと同じ《狼》騎士団の外套だった。

ただし女性用なのか、みんなの物より少し小さめに作られている。

「い、いいんですか⁉　これ……」

「サイズが合わなければ仕立て直させるから、とっとと着てみろ」

「は、はい！」

ユリウスに急《せ》かされ、マリーはすぐさまその外套を纏う。

幸いにも丈はちょうどよく、マリーは思わずその場でくるりと身を翻した。

《狼》騎士団の一員になれた気がして、喜びが顔に滲み出てしまう。

（どうしよう……すっごく嬉しい……！）

感激するその様子に他の団員たちも盛り上がり、マリーに向けて慰労や感謝をやんやと送る。そこに両手に巨大な皿を持ったヴェルナーが「あのなー」と苦笑しながら現れた。

「お前ら、オレがいないとこでメインイベント進めんじゃないよー」

「ヴェルナーさん！」

「おかえり、マリーちゃん。今日は年納めのお祝いだ。好きなだけ食べて」

見れば後ろから大鍋を持ったルカがついて来ており、テーブル中央にあった小さな金属箱の上にそれを置く。ミシェルが鍋の下に火を入れると、中に入っていたチーズがくつくつと音を立て始めた。

脇のトレイには焼きたてのパンや素揚げした野菜、焼いた鶏肉などがぎっしりと並んでいる。

「これを串に刺して、溶けたチーズをすくって食べるんだって」

「あ、チーズフォンデュですね！」

「……フォンデュ？」

食べ方の説明をしていたルカが首を傾げている間に、麦酒《エール》の入ったジョッキが団員たちの手に次々と配られていく。マリーはジュースを準備してもらい、ミシェルとルカも同じものを手に取った。

「それじゃ、リーダー」

「……」

ヴェルナーから促され、隅にいたユリウスがはあとため息をつく。

「《狼》騎士団の勝利と、良き一年。そして――世話係の快癒《かいゆ》を祝して、乾杯！」

「かんぱーい!!」

あちこちで豪快にジョッキをぶつけ合う音が響き、そこかしこで「がはは」という笑い声がこだまする。すぐに酒をおかわりする者、皿いっぱいに料理を取り始める者、ドラゴンとの戦いを思い出して熱く語り出す者など、冬の寒さがどこかに飛んでいきそうな賑やかさだ。

マリーもまた用意されていた串に薄切りされたパンを刺し、そろそろとチーズの海をくぐらせる。艶々《つやつや》とした黄金色の輝きに目を輝かせながら、そうっと口に運ぶと、その瞬間、焼けた小麦のぱりぱりとした食感と香り、ほどよいチーズの塩味が口いっぱいに広がった。

「ふっごく、美味《おい》ひいです……！」

「お、良かった。どんどん食べていいからね」

次々と空になるトレイと入れ替えるように、ヴェルナーが新しい食材を運んでくる。

メインのチーズフォンデュ以外にも、ローストビーフらしきものや揚げたポテト、ケーキに果物など多種多様なメニューがずらりとテーブルに並んでいた。

どれを食べようか悩んでいると、いつの間にか隣に来たルカがひょこっと顔を覗かせる。

「改めておかえり、マリー。無事に帰って来られてよかったね」

「ルカさん、こちらこそありがとうございます」

「退院前に騒いでいたから、てっきりあのまま『聖女』になるのかと心配したよ」

「あ、あはは……」

その言葉にマリーは思わず苦笑する。

実は体調がほぼ元通りになった頃、かつてマリーのことを「じゃない方聖女」と追い払った神官たちが、雁首《がんくび》揃えて病室に訪問してきたのだ。

どうやらリリアが『奇跡の力』を完全に失ってしまったため、彼女を擁立していた彼らは大いに焦ったらしい。

そこにタイミング良く新しい『奇跡の力』を披露したマリーが現れたため、手のひらを返したかのように「あなたが本当の聖女様だったのですね！」と主張し始めたのだ。

だが『聖女』になれば当然、騎士団の世話係は辞めなければならない。

そのためマリーは「それは嫌だ」と必死になって抵抗した。

しかし神殿側も譲らず、事態は難航すると思われたのだが――

「ま、でもこれで神殿の奴らもちょっとは大人しくなるでしょ。だって――ただの魔術を『奇跡の力』なんて偽《いつわ》っていたわけだからさ」

「私の容疑も晴れて、本当に良かったです……」

だがそこで待ったをかけたのが魔術師団だった。

彼らは『聖女による奇跡』は、『白の魔力を持つ魔術師による魔術である』と主張し、これまで王の右手として権力をほしいままにしてきた神官たちを訴えた。

当然神官たちは「何を根拠に」と憤慨したが、そこでルカが入手した『リリアの魔力』を採取した『白く濁った賢者の石』が提出されると、一斉に口をつぐんだ。

さらにそれから検出された魔力と、以前暴走した馬車馬に残留していた魔力をジェレミーが照合。結果、それらが同一のものであると認められたのだ。

これによりリリアが『白』の魔力を持ち、かつ魔獣化の原因であることが判明——神官らもついに反論出来なくなったらしい。

「調べたら、これまでにも色々動物実験をさせていたみたいだね。そのうち失敗したもののいくつかをハクバクの森に捨てていた、という証言が他から取れた。蝙蝠型の魔獣は、多分そこから発生したものだったみたい」

「また牢屋に戻されるのかとひやひやしてました……。それにしてもルカさん、よくリリアの傍に近づけましたね」

マリーの素朴な疑問に、先ほどまで饒舌《じょうぜつ》に話していたルカが突如押し黙る。

「……別に。助かったんだから、どうでもいいでしょ」

「でも、いつもクロードさんか《獅子》騎士団の方がいたから、すごいなあと」

すると、淡い気泡を立てるグラスを手にしたヴェルナーが二人の間に割り込んだ。

「うんうん。これもルカの涙ぐましい努力のおかげだよねえ」

「涙ぐましい……？」

「ちょっ、ヴェルナー！」

「聞いたよ？　なんでも神殿のメイドとして働いてたんだって？　女装して」

「女装⁉」

「ヴェルナー‼」

しゃーっと猫のように威嚇するルカを残し、ヴェルナーは笑いながらふらっと姿を消した。

残された気まずい空気を破るべく、マリーがおずおずと口を開く。

「あの……」

「……仕方ないでしょ。それしか近づく方法がなかったんだし」

そう言うとルカは「僕もう行くから」と逃げるようにいなくなってしまった。

黒いワンピースに白いエプロン――というルカのメイド姿を想像したマリーは、ううむと眉を寄せる。

（意外と悪くないかも……）


その後もパーティーは盛況に続いた。

もうじき年を越すという時刻になっても終わる気配はいっさいなく、団員たちの多くは始まった時と変わらず、酒を片手にああだこうだと楽しそうに騒ぎ合っている。

その一方、ユリウスやルカといった何名かはさっさと自室に戻っており、やや眠たくなってきたマリーもきょろきょろと周囲を見回した。

（そういえば、ミシェルさんと話してない……）

パーティーの間、ヴェルナーに呼ばれて火の調整をしたり、料理を運んだりとせわしなく働いている姿は目撃した。その都度声をかけようとしたのだが、マリーもまた団員たちに度々呼び止められてしまい、ゆっくり話をする時間を取れなかったのだ。

（もう部屋に戻っちゃったかな……）

喧騒から離れるように、玄関の方へと移動する。

すると「ひゃん！」というジローの鳴き声がし、その傍にいたミシェルがすぐに顔を上げた。

「あ、マリー！」

「ミシェルさん、ここにいたんですね」

「うん。ジローにもごちそうをあげようと思って」

見ればジローの餌皿には、普段より豪勢な肉が入っていた。

パーティーにあったものとはまた違ったので、おそらくヴェルナーが特別に作ってくれたものだろう。はふはふと夢中で食べるジローを見つめていると、ミシェルが静かに微笑んだ。

「改めて……マリー、ありがとね」

「ミシェルさん？」

「ドラゴンの時もだけど……。ずっと最初の、魔獣退治とか、一緒に仕事を探したこととか……。あ、あと迷い猫のビラ配りしたことも」

一つ一つ確かめるように口にしながら、ミシェルは玄関先に腰を下ろす。

マリーがそっと隣に座ると、嬉しそうにミシェルがはにかんだ。

「マリーと会う前さ、ユリウスがいなくなって、みんなもやる気をなくしちゃってて……。こんなじゃダメだ、なんとかしなきゃって、おれ、がむしゃらに頑張ってた。……でも本当はどこかで『もうだめかもしれない』とも思ってたんだ」

「ミシェルさん……」

「そんな時、君が現れた。一緒にチラシを配ってくれて、世話係に立候補してくれて……。最初のうちは全然仕事もなかったけど、一人で落ち込んで帰るより、二人でがっかりして歩いている方が、なんか、また頑張ろうって気になった」

そのうちにユリウスが復帰し、久しぶりの大型依頼を得た。ふてくされていた団員たちも少しずつ変わっていって、ヴェルナーやルカといった仲間も力を貸してくれるようになった。

彼女を中心に、すこしずつ、騎士団が変わっていく。

「マリーがいなかったら、おれは騎士団を――夢を諦めていたと思う。だから……ありがとう」

真剣なミシェルの言葉に、マリーは彼から目が離せなくなる。

その瞬間――ミシェルの周りに再びあの、キラキラとした光が舞った。

（……あ、また……）

選ばれた者だけが持つ、人を惹きつけて離さない魅力《カリスマ》。

その輝きは以前よりも格段に増しており、マリーはたまらず笑みを返した。

「お礼を言うのは私の方です。こちらこそ、何も知らない私を受け入れてくれて、本当に……ありがとうございました」

「マリー……」

「ミシェルさんがいたから……私はここまで、頑張ってこれたんだと思います」

二人の間に心地よい沈黙が流れ、知らず熱くなった頬を夜風が冷やす。

やがてミシェルが「んんっ」とわざとらしく咳払いした。

「そういえば、その……マリーにお願いがあるんだけど」

「はい！　私に出来ることでしたら何なりと」

「それじゃあ……今度からおれのこと、『ミシェル』って呼んでほしいな」

まさかの提案に、マリーは思わず確認する。

「よ、呼び捨てってことですか⁉」

「年も同じくらいだし、もうそこまで気を遣わなくてもいいかなって」

（ど、どうしよう……⁉　名前を呼ぶくらいはセーフ？　マネージャーが所属アイドルと親しくなりすぎるのはアウトだけど、ミシェルさんは別にアイドルじゃないし、私もマネージャーじゃないし、そもそも同じ騎士団の仲間なわけで？）

前世のマネージャー的な倫理観が邪魔をして、マリーはぐるぐると目を回す。

すると戸惑っていることを察したのか、ミシェルが慌てて訂正した。

「む、無理に呼ばなくてもいいよ？　ごめん、変なこと言って驚かせたね」

「い、いえ！　だ、大丈夫です！」

マリーはすうっと息を吸い込むと、じっと彼の方を見つめた。

「ミ、……ミシェル」

「……」

すると当のミシェルが何度か目をしばたたかせ——直後、何故か頬にかっと朱を走らせた。

予想外のリアクションに、マリーまでわたわたと取り乱してしまう。

「な、なんで照れたんですか⁉」

「あ、いや、なんかその……。想像より、ドキドキしたというか……」

「想像⁉」

いったい何を、とマリーもつられて顔を赤くする。

すると王都の中心部から、荘厳な鐘の音が聞こえてきた。

それを耳にしたミシェルは、いまだ赤い顔を誤魔化しながら話を変える。

「あ、と、年を越したみたいだね！」

「そ、そうですね！」

互いに視線をそらし、ぎくしゃくとした様子で相手の出方を探っていた二人だったが——やがてどちらからともなく「ふっ」と笑みを漏らした。

自然と視線がぶつかり、ミシェルが嬉しそうに目を細める。

「今年もよろしく、マリー」

「……はい！」

二人分の白い息が、真っ暗な夜空にふわっと浮かぶ。

満天の星のもと、足元にいたジローが「ひゃん！」と元気よく鳴いた。

終章　いつか君の手に栄光を

そうして冬が明け、季節はようやく春を迎えた。

年に一度、王都で開かれる『感謝祭』。

そしていよいよ——去年いちばん活躍した騎士団、『王の剣《エペ・ドュ・ロワ》』が選ばれる。


（お願い——！）

魔術師団長の詠唱が終わると同時に、王都中にあった鳥籠型の投票箱ががたんと開いた。

紙の鳥たちが一斉に飛び立ち、マリーたちのいる大聖堂の上空へと飛来する。

（すごい、まるで大きな一羽の鳥みたいに——）

雲一つない大空を、純白の鳥たちが覆い尽くす。

直後——鳥たちはぽん、ぽぽんと音を立て真っ白い花へと変化した。

「わあっ……‼」

ふわり、ふわりと、まるで天からの祝福のように純白の花が降ってくる。

輝きながら降りしきる、淡雪のような花弁。

その合間に見える美しい青空。

零れ落ちる甘い花の香り。

その幻想的な光景に、真下にいたマリーは夢中になって空を仰いだ。

「すごいですね！　『王の剣』って、こんな……！」

目を輝かせるマリーの姿に、隣にいたミシェルもまた嬉しそうに目を細める。

だがすぐに、興奮した司会者の声が会場内に響き渡った。

『今年の「王の剣《エペ・ドゥ・ロワ》」は――《鷲《アリオル》》騎士団だァーーッ!!　日頃の任務に対する熱い姿勢と、肉体に対してのたゆまぬ研鑽《けんさん》が市民らの強い支持を得たようです！　やはりこれからは筋肉!!　筋肉がすべてを解決するうゥーーッ!!』

「ア、《鷲》……？」

マリーがそろそろと名指しされた方を向くと、そこでは大量の花に埋もれた《鷲》騎士団たちが、自慢の上腕《じょうわん》二《に》頭筋《とうきん》や広背筋《こうはいきん》を披露しながら代わる代わるポーズをとっていた。

周囲から聞こえてくる「ナイスバルク！」「キレてるよ！」という掛け声にあっけにとられつつ、マリーは改めて《狼》騎士団に投じられた花の量を確認する。

（うう……いちばん少ない……）

投じられた票の数は、次点僅差《きんさ》で《獅子》、《鹿》と続き――《狼》騎士団の足元に積もった花は、他の騎士団よりも一際少なかった。

しょんぼりと俯くマリーに対し、ユリウスがさも当然とばかりに口を開く。

「何を期待していたか知らんが、これまでの働きを考えれば当然の結果だろう」

「で、ですが、一応魔獣とか……。ドラゴンからも街を守ったのに……」

「魔獣討伐は、まだ住民たちに被害が出る前の段階でけりをつけた。ドラゴンは……議会の方で子細を公表しないという話になっただろうが」

「それはそうなんですけど……」

冬に起きたドラゴン事件は、王族や多数の貴族が関わっていたため、詳細を公表されることなく秘密裏に処理された。もちろん報酬はきちんと支払われたのだが、《狼》騎士団が王都の危機を救ったということは公にされていない。

(まあ確かに、大きな仕事が来始めたのも秋以降だったし……仕方ないか)

がっかりと肩透かしを食らいながらも、マリーは少ない花たちを拾い集める。

よく見ると花弁には投票者の名前が写し込まれており、そのほとんどが女性だった。

どうやらこれがユリウスの言っていた『ヴェルナー票』らしい。

「ヴェルナーさん、どうぞ」

「お。ありがとね。これから早速お礼を言いに行かないと」

するとヴェルナーは花を受け取ったお返しに、マリーに数輪の花を渡した。

「はい。これは俺宛てじゃないみたいだよ」

「これって……」

マリーはしげしげと、花に記された名前を確認する。

そこには拙《つたな》い文字で『トーマ・スヴェンダル』『ミュカ・スヴェンダル』と書かれていた。

マリーがぱちぱちと瞬いていると、隣にいたミシェルがどれどれと覗き込む。

「これって隣町の……」

「あ、これ迷い猫の子だ。これも……」

何故かマリーを騙そうとした肉屋店主の花まであり、マリーは思わず「ふふっ」と微笑む。

するとそこに突然、熊のような体躯《たいく》の男が割り込んで来た。

「おう、お嬢ちゃん。久しぶりだな」

「ロ、ロドリグ騎士団長!!」

短く刈った髪に日に焼けた肌。

マリーに《狼》騎士団の世話係を勧めてくれた張本人だ。

「ミシェルも。もっと肉食って、でかくなれよ！」

「は、はいっ！」

緊張のあまり硬直する二人をよそに、ロドリグはマリーが持っていた花束を見て笑う。

「おっ、いい勲章《トロフィー》貰ったじゃねえか」

「勲章？」

「ああ。俺たちの仕事は、その小さい花、一つ一つを守ることだ」

「花を、守る……」

「最初からでっかい花束は作れねえだろうがよ。そうやって一輪一輪集めていきゃ、いつかは立派な花束になるだろうさ。それこそ──『王の剣』にもな」

「……はい、そうですね」

いまはまだ、片手に収まるくらいの小さな花束。

でもこれは紛れもなく、《狼》騎士団のみんなで勝ち取った──信頼の証《あかし》だ。

（そう、きっとまだ──これから）

満足げに頬を紅潮させるマリーに、ロドリグが楽しそうに尋ねる。

「どうだい、お嬢ちゃん。世話係の仕事は」

その問いに、マリーは満面の笑みで答えた。

「──最高です！」

それを聞いたミシェルやユリウス、傍にいたヴェルナーとルカが微笑む。

こうして『感謝祭』は大盛況のまま幕を閉じたのだった。


結果発表が終わり、マリーたちはようやく寮に戻ってきた。

すると長い灰色の髪を三つ編みにしたリリアが、ぱたぱたと玄関先まで出迎える。

「マリーさん！　どうでした⁉」

「残念ながら、今年は《鷲》だって」

「そんなー……」

眉尻を下げるリリアを見て、マリーはまあまあと苦笑した。

「来年こそ、絶対いちばんになりましょうね！」

「そうね。頑張りましょう！」

するとそこに、斡旋所・一番窓口の書記官が息を切らせながら飛び込んで来た。

一時期熱烈なバトルを繰り広げた相手の登場に、マリーは「どうしました？」と首を傾げる。

「わ、悪いが《狼》騎士団に緊急の依頼だ。二つ先の村で、魔獣が暴れているらしい！」

「ユリウスさん、これは――」

マリーはすぐに振り返り、指示を仰ぐ。

呼ばれたユリウスはいつものようにはあと嘆息を漏らすと、団員たちに号令をかけた。

「総員、装備を確認して出立準備！　……明日の夜には戻る。それまでここを頼んだぞ」

「はい！」

そうしてルカやヴェルナー、他の団員たちが次々と厩に向かう中、最後に玄関を出たミシェルがくるっとマリーの方を振り返った。

きらきらと眩《まばゆ》いばかりの笑顔を見せながら、嬉しそうに大きく手を振る。

「じゃあマリー、行ってくるね！」

「行ってらっしゃい——ミシェル！」

マリーもまたにこっと微笑むと、幸せそうに手を振り返すのだった。

（了）

じゃない方聖女と言われたので落ちこぼれ騎士団を最強に育てます　1

＊本作は「小説家になろう」（https://syosetu.com/）に掲載されていた作品を、大幅に加筆修正したものとなります。
＊この作品はフィクションです。実在の人物・団体・事件・地名・名称等とは一切関係ありません。

2023年9月20日　第一刷発行

著者 ……………………………… シロヒ

イラスト ……………………………… 三登 いつき
発行者 ……………………………… 辻 政英
発行所 ……………………………… 株式会社フロンティアワークス
〒170-0013　東京都豊島区東池袋 3-22-17
東池袋セントラルプレイス 5F
営業　TEL 03-5957-1030　FAX 03-5957-1533
アリアンローズ公式サイト　https://arianrose.jp/
装丁デザイン ……………………………… ウエダデザイン室
印刷所 ……………………………… シナノ書籍印刷株式会社